隠された芭蕉

髙柳克弘

慶應義塾大学出版会

隠された芭蕉　目次

芭蕉、寂びることなく——感情表現 5
未踏の旅へ——時間表現 39
いかに読み応えを出すか——比喩表現 69
失われた技術——風景描写 97
世界の不思議に目をみはる——理屈を超えて 127
調和を拒む——虚実 137
仮面の誠実——主体 151
重力からの解放——軽み 165

明るい器――死を詠む・その1　181
あの死者は我――死を詠む・その2　195
痛みの詩学――旅　213
価値を創り出す――笑い　231
十七音の俳論――俳句で俳句を語る　241
主要参考文献　254
あとがき　257

芭蕉、寂びることなく ――感情表現

さまざまの事思ひ出す桜かな　『笈の小文』

貞享五（一六八八）年の春、郷里の伊賀上野に戻っていた四十五歳の芭蕉は、十九歳から二十三歳まで仕えていた主君の遺児・探丸《たんがん》の誘いを受け、別邸の花見に出かける。若き芭蕉に俳諧の手ほどきをしたのが主君・蟬吟《せんぎん》で、運命の人といってもよい。見事に咲いた桜の木の下で、芭蕉は往時の記憶を思い返す。もろもろの思い出が、桜のうすくはかない花びらのいちまいいちまいさながらに、ひらめいては虚空に消えていく。

この句について、昭和の俳人・秋元不死男はある評論の中で次のように述べている。

もし、この句がいいといふ説を立てるとすれば、甚だ厄介なことになりますが、芭蕉と蟬吟の物語りを説明しなければならぬのです。しかし、それをいくら説明しても、この句の詩の成功を説明したことには恐らくなるまい、とぼくはおもふのであります。

これは、あきらかな批判である。なぜ、秋元は芭蕉の「さまざま」の句が詩として成功していないと判断したのか。

いわゆる、秋元の「俳句もの説」は、昭和二十八（一九五三）年四月号の「俳句」に発表された「俳句と『もの』」という評論に示されている理論であり、俳句は「事」をあらわすものではなく「もの」で語らせる詩であるとして、表現における即物性を重視したものであった。

「事」と「もの」の区別についてては抽象的なので、秋元自身があげている作例を引用してみよう。秋元はこのふたつの差異について、先輩だった西東三鬼から学んだという。

少年工学帽古りしクリスマス　　秋元不死男

小学校をあがったあと、すぐに工場に働きに行くようになった少年がいた。上の学校にあがった友達には、自分もまだ学校に通っていると見せかけたくて、母校の徽章をつけた帽子をかぶって出かけていく。いちはやく労働者になった少年には、クリスマスの賑わいもかかわりがない。古ぼけた帽子をかぶって今日も只働きに行くだけ、という勤労少年の哀れを感じさせる句である。

この句を三鬼にみせたところ、少年が学帽をかぶっているのであれば、「古りし」ではなく「かむり」とするとよいという助言を受け、感じ入ったという。

「古りし」では学帽と少年とのむすびつきが曖昧で、かむつてゐるのか、もつてゐるのか、それともどこかに懸けてあるのか、さつぱりわからない。（略）「古りし」といつては、「事」をあげることになる、思ひ入れをすてて、はつきり眼にわかることを、はつきりいひなさい。そこに何が見えるか、見える「もの」は何か、それをつかみなさい、かういつたと解釈したのです。

つまり、端的に示せば、

少年工学帽古りしクリスマス　→　こと
少年工学帽かむりクリスマス　→　もの

という図式になる。内容自体はそれほど変わるわけではないが、「かむり」としたほうが一句の視覚的な印象は高まる。私たちは情報の多くを視覚によって受け取っているので、視覚的な印象が高まれば高まるほど、そこに「もの」が描かれているという感触が鮮明になるのだ。

では、「もの」がはっきり出ることによって、どういう効果が示されるのか。

俳句が「もの」に執着するのは、「もの」はみづからを語つてゐないからです。彼はただ、そこに黙つて坐つてゐるだけです。黙つて坐つてゐてくれれば、あとはこちらで話しかけてゆけばよいのです。ところが「事」の方は、黙つてなどゐません。こつちの話などはどうでもよいので、じつはこんなわけで、かういふことになつた、それでかうしなければならないのだが、さうすると……といふ具合に、おしやべりをしなければ、「事」はみづからを説明できないのです。さやうな埒のあかぬものを相手にして、断定を生命とする俳句がいつたい何をすることができませうか。

この論は、俳句の余白と密接にかかわっている。さきほどのクリスマスの例であれば、「古りし」ということで作者の伝えたかった少年職工の哀れというものがはっきり出るが、そのぶん、読者の読み取る余白が小さくなる。それに対して「かむり」であれば、「どんな学帽なのか」「どこへ行こうしているのか」というあたりは伏せられている。それを読みとるのが読者であり、作者は読者がある程度読み取りやすいように言葉を組み立てている。この場合、「どんな帽子なのか」という問いかけには、「少年工」という主語によって「職工をしているのに学帽をかぶっているということは当時のものを使いつづけていて古びているに違いない」と想像できる。また、「どこへ行こうとしているのか」という問いかけについては、季語がその答えを用意してくれている。「クリスマスとあるがこの少年は勤労する少年であるからクリスマスの街並みとはかかわりがないに違いない、おそらく自分の職場に向かっているのではないか」と想像できるのである。

視覚的な物象が示されることで読者が余白を十七音の言葉を頼りに読み取ることができるのが

「もの」俳句であり、抽象的・感覚的な言葉が隠されることなく示されていて読者の解釈の自由が乏しいのが「こと」俳句である、と定義づけできる。そして秋元は、「さまざまの」の句を「こと」俳句とみなして批判しているのだ。

視覚的イメージという点では、「さまざまの」の句には、たしかな「もの」は乏しい。「桜」はたしかに視覚的な印象を残すが、もとより花期が短く、花そのものも薄く頼りないものであるから「もの」としての存在感は薄い。そのかわりに示されているのは、「さまざまの事思ひ出す」という、作者の内面にかかわることで、懐旧の情というものがきわめてわかりやすく示されている。「さまざまの」が何を示しているのかは伏せられているので、ある意味で余白が大きいともいえるのだが、あまりに余白が大きすぎると、かえってとりつくしまがなく、読者としては「作者が桜の下で懐旧している」ということはわかるものの、作者の人生や桜のありようについてまで、想像がひろがっていかない。

その結果、十七音以外の情報へ、読者の関心が向いてしまう。何を思い出しているのかを知るために、作者芭蕉の来歴を参照しなければならなくなる。これでは一個の独立した作品とは言えないのではないか……秋元の批判の根拠は、そこにある。

「こと」俳句の特徴は、作者の思いがそのまま出ているという点にある。「さまざまの」の句でいえば、「思ひ出す」という懐旧の情がそれである。じつは、芭蕉の句全体を見ても、こうしたあらわな感情表現が用いられている句は、約一割に及んでいる。この句ばかりが、珍しいわけではないのだ。

典型的なのは、上五から「寂しさ」「楽しさ」といったように感情語を体言にして、これに切れ字を配して、句頭から感情を隠すことなく、直接的に打ち出したものである。

楽しさや青田に涼む水の音　「真蹟懐紙写」
寂しさや須磨に勝ちたる浜の秋　『おくのほそ道』

一句目は、関西の歌枕探訪の旅の途上、農村に休んだ際に聞いた水の音を讃えたものである。「楽しさや」という手離しの感情表現によって、牧歌的で、いかにも楽しそうな気分が、衒《てら》うことなく伝わってくる。

二句目の「浜」は、敦賀の種《いろ》の浜のこと。『源氏物語』によって寂しさの典型とされた「須磨」という土地の名を持ち出し、それよりもさらに種の浜は寂しいのだと比較することで、「寂しさや」を強調している。須磨よりも寂しいというのは、眼前の浜がうら寂びれているとただ貶めているのではなく、むしろその風情を褒めているのである。私たち現代人の日常会話においても「ディズニーランドより楽しい」「三ツ星レストランよりもおいしい」といったようにその分野におけるもっとも高い評価を得ている場所と比べてそれよりも高い評価をくだすというのは、しばしば採用される賛辞のレトリックである。イギリスの詩人T・S・エリオットの「詩とは情緒の解放でなく、情緒からの逃避」というよく知られた言葉にあるように、詩人は直接的な感情表現は避けるものであるが、こうした句では、むきだしの感情表現が用いられている。

ほかにも、

秋風に折れて悲しき桑の杖　『笈日記』
鷹一つ見つけてうれしいらご崎　『笈の小文』
ばせを植ゑてまづ憎む荻《おぎ》の二葉かな　『続深川』

といったように、感情表現を上五以外に配置する句形もある。

「秋風の」の句は、最古参の門人・松倉嵐蘭《らんらん》を桑の杖に擬し、その嵐蘭という杖が折れた（死んだ）ことを悼むこころを、「悲しき」と隠すことなく表現している。

「鷹一つ」の句においては、実景として、鷹の渡りの名所であるいらご崎で目的の鷹を見つけることができたことへの喜びと同時に、出会うことがなかった門弟の杜国《とこく》に向けての挨拶の意もこめて「うれし」という直接的な表現がなされている。さらに、「ばせを植ゑて」の句においても、門人・李下《りか》から贈られた芭蕉の株の生育の妨げになる荻の二葉に対する不快感が、「憎む」というなまなましい感情語で訴えかけられてる。

これまであげてきた芭蕉の句は、視覚的イメージがまったく浮かばないというわけではないにせよ、人や風景に触れた際の自身の感情の方に重きが置かれているといってよい。このように感情を内にこめることなく露出させる表現方法について、秋元は次のように述べている。

何よりも、「ひと」を物体としてみる――感情を発せざるものとしてみる――さう見なければ俳句はがらがらと崩れると、ぼくはおもふのです。

秋元は、評論「俳句と『もの』」のまとめの部分でも、「俳句は或る人がさうおもつてゐる以上に感情ではなく、体験だと考へるのです」と述べ、「体験とは既に知性でありませう」と定めている。これは、近代以降の「客観写生」という高浜虚子の提唱した考え方とも相性が良く、俳句表現の特徴の一つであることは間違いなさそうだ。

しかし、その一方で、秋元自身が、

俳句が「もの」に執着しはじめると、確かに「俳句の袋小路」に俳人を追い込むことになります。

と注意深く提言している通り、感情表現を捨て去ることによって、詩形としての幅の広さを失うことになりかねないというおそれがある。

そこで、芭蕉の句を対象に、その感情表現の特徴と効果を見ていきたい。

見送りのうしろや寂し秋の風　　『三つの顔』

この句は「野水《やすい》が旅行を送りて」と前書きがあり、名古屋に滞在中、上方に赴く野水への餞別吟として詠まれたものである。当地で出合った連衆《れんじゅ》との別れのつらさを、「寂し」と率直に表現している。

この句にはなぜ「寂し」という感情表現が使われているのだろうか。というのも、「秋風」という季語は、元来寂しさを旨とするものであるから、季語の感情を託して直接的に「寂し」といわない方法もあったはずだからだ。近現代俳句の価値観からすれば「見送りのうしろすがたや秋の風」とでもすれば、より「もの」俳句に近くなる。

しかし、これでは「見送っている私」の寂しさは伝わるが、それだけである。感情表現を除いたことで、かえって味気の無い、単純な句になってしまっている。

惜別の句で大切なのは、自分だけが寂しがっていると表すことではない。相手もまた、自分との別れを寂しがっている。その胸中を思うことで、自分の寂しさもまた深まるのである。つまり、「見送りのうしろや寂し」ということで、見送る背中の寂しさを見届けている自分も寂しくなり、またそうした感情を共有する関係を築けたことの誇らしさやありがたさといった、別の感情もまざりこんでいる。ただ別れが寂しいだけでなくて、さまざまな思いの入り混じった「寂し」となっているのであり、それこそがこの句で「寂し」と置かれた理由であった。つまりこの句では、感情表現の深化が起こっている。のちにこうした詠み方は、

行く春や鳥啼き魚の目は泪《なみだ》　『おくのほそ道』

というみちのくへの旅立ちにあたっての吟に受け継がれる。ここでも、「泪」という感情的な語彙は、複雑な意味合いを帯びている。これは嘆き悲しむ「魚」のなみだでもあり、自分を見送りに来てくれた連衆のなみだでもあり、また彼らと別れる自身のなみだでもある。それらをひっくるめての悲しみの泪なのかと思いきや、結局のところそれは水の中に棲む魚の目が濡れているというだけのことという、まぜっかえしが最後にやってくる。読む側の感情も揺さぶられる体験を、たった十七音で引き起こしているのである。

ほかにも、挨拶句においてこうした感情表現の深化が見られる例をあげてみよう。

口切《くちきり》に堺の庭ぞなつかしき　『俳諧深川』

おもしろき秋の朝寝や亭主ぶり　『まつのなみ』

一句目は、「支梁亭《しりようてい》口切」という前書きがついている。「堺の庭」とは、千利休が松島の雄島の景色を取り入れて設《しつら》えた著名な茶庭。俳諧の席を誂えてくれた支梁に対して、かつての利休の堺の庭

も思い起こさせるほどだとして、感謝と挨拶の意をこめている。これも「なつかし」は作者個人の感情というよりも、なつかしいという感情を一座で共有するための「なつかし」であり、眼前の茶席を利休の堺の庭に見せるためのマジック・スペルとして働いている。「なつかし」の感情を、その場のみなで分かち合っているからこそ、新春の茶席を表す「口切」という季語のめでたさが生きてくるのである。

二句目は、大阪の町人・車庸《しやよう》の家で歌仙を巻き、夜遅くまで談笑した、その翌朝の感慨を詠んだもの。仲間たちと俳諧遊戯にふけって眠りこけるという風狂を「おもしろし」ということで、そうしたのびのびした座を提供してくれた車庸に礼をいっているのだ。これもやはり、ただ自分の感情を述べているわけではなく、「おもしろし」という感情を「亭主」もまた抱いていることを確認しつつ、ともに自堕落な「秋の朝寝」を楽しもうという呼びかけとなっている。

感情表現が、作者個人を超えて、その場の他者や、雰囲気にまで波及していく。これは、言葉が凝縮して使われる俳句ならではの表現方法である。

このような「感情表現の深化」は、挨拶句においてのみ実現されているわけではない。

おもしろや今年の春も旅の空　　　『去来文』

『おくのほそ道』の旅に出る前、芭蕉が門弟の去来に向かって出発をほのめかした句である。上五の「おもしろや」は、旅暮らしの身を、今年の春もまたはじめようとしているという中七下五の述懐とあわせて考えてみれば、その感慨におのずと、自嘲的な悲哀と、その裏返しの自負の念がこめられていることに気づく。「春も」の「も」を軽く見るべきではない。庵があるにもかかわらず落ち着かず、なんのかんのと理由を付けて旅ばかりしている人生を楽しむ心もありながら、そんなみずからにうんざりしているような「も」なのである。「旅の空」は、おそらくシーシュポスの刑罰のように、永遠に続く。

感情について古代中国の経書『礼記』は「喜・怒・哀・懼《く》・愛・悪・欲」の七つに分類しており、現代において変わることはないが、実のところ、複雑怪奇な人間の内面を「うれし」「たのし」などと一言ですませることなど、できるはずもない。毛皮をはがれた因幡の白うさぎが泣き、弟スサノオのふるまいにアマテラスが怒るなど、感情表現が豊かであった『古事記』『日本書紀』では、一つの感情にさまざまな漢字を当てて、それぞれ微妙にニュアンスが異なっていた。たとえばよろこびは「喜」「歓」「悦」「欣」など、怒りは「恚《い》」「忿《ふん》」「瞋《しん》」「赫《かく》」などといったように。このように一語によって多彩な漢字表現が可能であればともかく、限りある感情表現では細かなニュアンスを表現することはむずかしい。だからこそ、安易な感情表現は慎むべきといえるのだが、俳句においても、一句のほかの言葉との兼ね合いによって、ひとつひとつの感情表現に複雑な意味を持たせることは可能なのだ。

たとえば、『芭蕉七部集評釈』など芭蕉研究に大きな足跡を残した幸田露伴は、自宅で親戚相手の俳諧研究会を開いていたのだが、その中で、風邪ひきたまふ声のうつくし　越人《えつじん》『あら野』

という、越人の付句を取り上げながら、これを「反対句」「反想」と呼び、こんなふうに鑑賞している。

これはつまり、風邪をひけば声がわるくなるはずなのにそうではないので、ふだんはどんなに美しい声であろうというところを狙ったもの（略）

（高木卓『露伴の俳話』講談社、一九九〇年）

「うつくし」という直接的な感想が述べられているが、本来とは逆の使い方をしているがために、文字通りの「うつくしい声」というだけではなく、「たとえ風邪声であっても減じることのない美しい声」というこまやかなニュアンスを帯びることになる。

芭蕉の句においても、

蛇食ふと聞けばおそろし雉《きじ》の声　『花摘』

には、和歌では妻を恋いて「ほろろ」と優しげに鳴く鳥とされた雉の、野鳥としての側面に鋭く切り込んでいる。雉も実体としては野鳥であり、蛇も食らって生きているのであり、その意味で「優しげでもあるが野に生きるものとしての凶暴さもある」といったような、複雑なニュアンスでの「おそろし」なのである。

「おもしろや今年の春も旅の空」の句にも、この「反対句」「反想」の方法が生かされているといえよう。毎年毎年繰り返される宿業《しゅくごう》としての「旅」を、「おもしろや」といっているのだから。

このように、芭蕉の句において使われている感情表現は、複雑な意味とニュアンスを帯びている。こうしたことを踏まえて、冒頭に掲げた「さまざまの事思ひ出す桜かな」をあらためて見てみたい。この句には懐旧の情が詠まれているのだが、「思ひ出す」はただ昔を甘やかに思い返しているというだけではない。「桜」という淡い花とのかかわりによって、あれほど鮮烈だった過去のもろもろの出来事も、薄いはなびら一枚一枚のように、ほのかに遠ざかってぼんやりとしてしまったことの淋しさも感じられるのである。また、「桜」の側からしてみれば、「思ひ出す」というよるべない感情表現とかかわることで、儚さや散りやすさといった本質的な部分が捉えられている。観念的・主情的な言葉が入っているかどうかで、句の価値を判断するべきではない。あくまで言葉と言葉のかかわり、そして全体的な印象で見なくてはならない。そのことで、言葉一つ一つが丁寧に洗われ、輝きを取り戻すかのような新鮮さに気づくだろう。この句は、芭蕉の来歴を知らなかったとしても作品としてのじゅうぶんな密度と熱量を持っている作品といえるのではないか。

同様のことは、次のような句にもいえる。

山路来て何やらゆかし菫草《すみれぐさ》　『野ざらし紀行』

近現代の俳人であれば山地の菫草を写生するであろうところ、ここで詠まれているのは「何やらゆかし」という心のありようである。菫は古典詩歌では、野の菫が詠まれることが多い。山中の菫にも野の菫に劣らぬ趣きを見出したときの、驚きやときめきまでもがこの「何やらゆかし」にこめられている。やはり、通り一遍の「ゆかし」ではないのだ。

おもしろうてやがて悲しき鵜舟かな　『あら野』

誘われて長良川の鵜飼見物に出かけた折の一句である。謡曲『鵜飼』の文句を心に置きつつ、鵜舟によって呼び起こされた感情を、一句の中に連続して詠みこんでいる。すなわち、かがり火の美しさや、鵜綱さばきなどを、おもしろいと興じていたが、やがて殺生のかなしさに気づき、哀感を催してくる――このような感情の揺れそのものが、鵜舟の本質としてとらえられている。その結果、「歓楽極まつて哀情多し」（漢武帝「秋風辞」）を踏襲しつつ、「おもしろし」とか「かなし」といった一言では表しきれない、生きるということの業の深さまで感じさせる眺めとして、「鵜舟」の季語が掘り下げられている。

評論家の山本健吉は、俳句は「情趣の藝術ではなく認識の藝術である」（「挨拶と滑稽」、『純粋俳句』創元社、昭和二十七（一九五二）年）と述べているが、脳科学者の茂木健一郎によれば、「感情」はかならずしも「認識」と相反したものではないという。

脳内の感情のシステムは、決して原始的な認知プロセスだけを担っているのではない。むしろ、原始的な反応から高度な認知プロセスまで、至るところに感情のシステムが関与しているのではないかと考えられるのである。

（『脳内現象──〈私〉はいかに創られるか』ＮＨＫブックス、二〇〇四年）

芭蕉の句においても、「さまざまの事思ひ出す」という懐旧の情によって「桜」という対象の儚さがつかみとられており、あるいは「おもしろし」から「かなし」に移る情動の変化によって「鵜舟」という対象の華麗な残酷さが浮き彫りになっている。感情と知性とは相反するものではなく、相互に扶助し合うことによって、対象を把握していることの、ひとつの証といえるだろう。

近代を代表する歌人の与謝野鉄幹の初期作品に、「人を恋ふる歌」と題された一片の詩がある（明治三十年作）。

あゝわれコレツヂの奇才なく

バイロン、ハイネの熱なきも
石をいだきて野にうたふ
芭蕉のさびをよろこばず

「コレッヂ」はサミュエル・T・コールリッジ。ワーズワースの盟友であり、幻想的な作風の詩人で知られた。バイロンは十九世紀のロマン派のイギリスの詩人。ハイネは十九世紀のドイツの詩人。「石をいだきて野にうたふ」とは、芭蕉の「旅に病んで夢は枯野をかけめぐる」の句を踏まえているのだろう。芭蕉の句の「侘び寂び」よりも、従来の日本になかった叙情性豊かな海外詩人たちの作品こそ自分たち新時代の文学者の理想とするべきだとことあげをした、鉄幹らしい雄壮な詩句である。しかし、芭蕉の句もじつは、また彼らに勝るとも劣らない情緒をたたえている。たとえばハイネの代表作のひとつである「夜の思い」は、祖国ドイツに残してきた母を思慕して「夜、ドイツを思えば／眠りはうばわれ、／もはや眼を閉ざすこともかなわず／熱い涙が流れ出す。」（檜山哲彦訳『ドイツ名詩選』岩波文庫、一九九三年より）という抒情的詩句にはじまるが、

手にとらば消えん涙ぞ熱き秋の霜　『野ざらし紀行』

という亡き母の遺髪を前にした芭蕉の句と、「熱」の量においては変わらないのではないか。芭蕉をただわびさびの俳人として捉えた鉄幹は、その句や文に意外なほど感情的なものが見られること

を、知らなかったといわざるをえない。

対象の具象的な描写よりも、感情的・観念的な言葉を優先している芭蕉の句を読み解いてきた。しかし、その一方で、芭蕉には感情を内にこめてあらわにせず、言外にそうしたものを感じさせる、いわゆる「余情」の作例もみられる。たとえば、『おくのほそ道』の旅の途上、立石寺《りっしゃくじ》に立ち寄った際に詠んだ句は、まず初案として、「山寺や岩にしみつく蟬の声」（曾良書留）があり、

寂しさや岩にしみ込む蟬の声　『初蟬』

という句形を経て、

閑さや岩にしみ入る蟬の声　『おくのほそ道』

の成案に至っている。「しみ込む」から「しみ入る」と改案され、蟬の声が岩に降りそそぐ林の静寂がより伝わって来る。同時に、「寂しさ」という直接的な感慨をおさえて、「閑さ」と改作されていることから、情をあらわにすることを避け、余情を重んじようとする意図をうかがうことができる。

あるいは、

さびしげに書付消さん笠の露　『芭蕉翁略伝』

の句は、紀行文『おくのほそ道』においては改作され、

今日よりや書付消さん笠の露　『おくのほそ道』

といったように、「さびしげに」という感情表現を退けたかたちで載っている。

改作前の「さびしげに」の句には、「同行なりける曾良、道より心地煩わしくなりて、我より先に伊勢の国へ行くとて、〈跡あらん倒れ臥すとも花野原〉といふを書き置き侍るを見て、いと心細かりければ」という前書がついている。「笠の露」でもって「書付」を消すという行為を、「さびしげに」行おうと呼びかけることで、これまで長くみちのくの旅をともにしてきた曾良との惜別の心を共有しようとしているのである。

しかし、書付を笠の露で消そうと呼びかける行為そのものにすでに惜別の情がこめられており、「さびしげに」の感慨をあえて付す意味が希薄であるところが、改作の意図だと推測できる。「今日よりや」とされることで、笠の書付を消している〈今〉よりも、その笠をかぶってこれからひとりで旅を続けねばならない〈未来〉に焦点が当てられ、一人旅の淋しさが言外に言い当てられているのである。

このように、「さびしげに書付消さん笠の露」を「今日よりや書付消さん笠の露」と改作し、寂

寥感を一句の言外に滲ませた芭蕉の意図は、秋元の「俳句もの説」と共通するであろう。芭蕉は、感情表現を用いた句を、全面的に是としていたわけではない。

しかし、その一方で、推敲したあとにも、直接的な感情表現を残している作もあることは看過できない。たとえば、

さびしさや花のあたりのあすならう　『笈日記』

の句は、改作後、

日は花に暮れてさびしやあすならう　『笈の小文』

となっており、成案に至っても、「さびし」の直接的な感情表現はそのまま残されているのである。初案では、人々の関心を向けられる桜と比べて、目立たない翌檜《あすなろ》へのさびしさが詠まれている。このままだと、「さびし」はあくまで桜と翌檜の景色を眺めての作者自身の感慨ということになるが、成案では、「日は〜暮れて」と夕方の情景であることを明らかにしつつ、「さびし」と「あすならう」の語を近づけたことによって、翌檜という心を持たぬはずの木もまたさびしさを感じていて、そのさびしさに作者自身も共鳴しているという、「感情表現の深化」を見て取ることができる。

また、

あらたふと木《こ》の下闇も日の光　「真蹟懐紙」

の句形を経て成った、

あらたふと青葉若葉の日の光　『おくのほそ道』

の句もまた、「あらたふと」という日光東照宮を拝観しての感嘆の言葉はそのまま残っている。「木の下闇も」の中七を「青葉若葉の」と変え、より高揚感あるリズムを生み出したことが、直截《ちょくせつ》な礼賛の気分に合っている。

さらに、

あなむざんや甲の下のきりぎりす　「真蹟懐紙」

を原案とした、

むざんやな甲の下のきりぎりす　『おくのほそ道』

という句は、『おくのほそ道』の旅中、小松の多田神社で、平家の武将・斎藤別当実盛の遺品の甲を実見した際の作として知られている。「むざんやな」という感情表現は、謡曲『実盛』の文句取りであるわけだが、原案ではそれがそのまま用いられている。そこでは「あな」という感嘆詞が付されているぶん、白髪を黒く染めて奮戦したという老将の哀切がより強く伝わってくる。成案ではこれをおさえて、定型におさめているのであり、そこには過剰な感情表現をやわらげようとする意図がうかがえるが、「むざん」という嘆きの文句は、そのまま残しているのである。

一句のおもてにあらわれてくる情をひそめようとする芭蕉の改案は、秋元の「俳句もの説」とも共通する、普遍的な俳句の一面を示唆しているといえよう。しかし、一方で、情をあらわにすることで対象をとらえようとする改案も認められるのであり、「もの」か「事」かという問題は、じつはそう単純に二律背反に還元されないのである。

俳諧における感情表現について考えるとき、見過ごしにできないのは、本意本情の問題である。本意本情とは、言葉に込められた伝統的美意識の集積であり、対象から呼び起こされるこころのありようも含んでいるからだ。

蕉門において、本意本情はどのように考えられていたのか。それをよく物語るエピソードを、『去来抄』の「同門評」にみることができる。

夕ぐれハ鐘をちからや寺の秋　風国《ふうこく》

此句初ハ晩鐘のさびしからぬといふ句也。句ハ忘れたり。風国曰、頃日《けいじつ》山寺に晩鐘をきくに、曾てさびしからず。仍《よつ》て作ス。去来曰、是《これ》殺風景也。山寺といひ、秋夕ト云、晩鐘と云、さびしき事の頂上也。しかるを一端游興騒動の内に聞て、さびしからずと云ハ一己の私也。国曰、此時此情有らバいかに。情有りとも作すまじきや。来曰、若情有らバ如何にも作セんト。今の句に直せり。勿論句勝ずといへども、本意を失ふ事ハあらじ。

ここでは、言葉の本意についての、蕉門の去来の見解が示されている。去来は、「山寺・秋夕・晩鐘」は寂しさとして捉えるのが本意だとし、それを風国が「一端游興騒動の内に聞」いて――つまり、にぎやかに寺の見物に出かけて聞いたものなので――「さびしからず」と詠んだのは「一己の私」に過ぎないとする。たとえ風国がそのように感じたとしても、それはその場の状況や心意によるる偶然的な感受に拠るものであり、ものごとの本意を捉えたことにはならない。たとえ、それがまぎれもない実情実感であったとしても、それを「さびしからず」と表現するのは適当ではないとしたのである。

去来の考え方によれば、実情実感よりも本意が優先しているということになる。「山寺」や「秋夕」は寂しさを本意とする。すなわち、それをさびしくないと詠むことは、「一己の私」であり、「私意」となる。風国の把握は、伝統的な情緒に反している。昭和の文学者・坂口安吾は、「日本文学私観」（「現代文学」昭和十七年三月号）の中で、「美しさのための美しさは素直ではなく、結局、本当の物ではないのである」「法隆寺も平等院も焼けてしまつて一向に困らぬ。必要ならば、法隆寺をとりこはして停車場をつくるがいい」と、伝統的な美への盲従を批判したが、「さびしからず」にもそうした過激さがある。本意本情は、言葉の中にしっかりと根付いているので、それを排斥しようとすると、ひとりよがりの、普遍性を持たない句になってしまうことを、去来は警戒している。

芭蕉は、

俳諧もさすがに和歌の一体なり。

『去来抄』修行教

と述べている。こうしたことからわかるように、蕉門では、和歌的情緒を大切にして、そうしたものを壊さぬようにという意識があったこともたしかである。

たとえば、

びいと啼く尻声悲し夜の鹿

「杉風《さんぷう》宛真蹟書簡」

における、交尾期の鹿の鳴き声を「悲し」とする見方は、古典詩歌に散見されるもので、芭蕉個人の感情というわけではない。鹿の声というものの本意を逃すことなく言いあてることで、一句は和歌伝統の系譜の中に布置され、普遍性が獲得される。

しかし、ただ本意本情をなぞっただけの感情表現では、一句は常識的、最大公約数的な感慨に陥り、詩としての鮮度を失うことになる。この句における芭蕉の独創は「びい」という擬音語にある。古典的発想を裏切ったこの上五の働きによって、「悲し」という表現は、「びい」という実感でとらえた音を契機としての悲しみの表現として上書きされる。王朝の歌人たちが気づかなかった鹿の声の野趣に驚き、それを面白がるようなニュアンスも「悲し」にこめられる。つまりこの句は、鹿の鳴き声というものに対する新しい発見をうたいあげたものなのである。

冒頭に掲げた秋元不死男をはじめ、近現代の俳句においては、感情表現は否定的に見られやすい。感情表現はストレートな表現であり、使う以上は複数の意味やニュアンスを持たせないと平板な句になるが、そうした言葉の運用は「月並」（過剰な技巧や陳腐な着想の句に正岡子規が与えた評語）に陥りやすいからだ。

とはいえ、秋元が「もの俳句」の例としてあげている、

蟹の出るところに斧を置く厨《くりや》　山口誓子『晩刻』昭和二十二（一九四七）年
鶫《つぐみ》死して翅《はね》拡ぐるに任せたり　同

といった句をなした誓子には、

A　学問にさびしさに耐へ炭を継ぐ　山口誓子『凍港』昭和七（一九三二）年
B　かの巫女の手焙《てあぶり》の手を恋ひわたる　同
C　子を探しに出でてむなしく夏の浜　『激浪』昭和二十一（一九四六）年

D　栗実る下はこころのやすらぎて　『晩刻』
E　波にのり波にのり鵜のさびしさは　『青女』昭和二十五（一九五〇）年
F　悲しさの極みに誰か枯木折る　同
G　除夜零時過ぎてこころの華やぐも　同

といったように、感情表現を用いた句も多く見られる。

Aは誓子の初期の代表句のひとつ。「さびしさ」ということで、学問を究めようとする主人公のひたむきな性格や真摯な生き方まで感得することができる。やはり芭蕉と同じように感情表現が深化されているのである。Bは、「恋ひわたる」対象として、「手焙の手」という日常的なものを持ってきたところに意外性がある。Cの「むなしく」は、夏の浜辺の茫漠たる広さを言い当てるのに効果を発揮している。Dの「こころのやすらぎて」は、たわわにみのった栗の実の充実感を伝えている。

Eにおいてはどうか。「さびしき鵜」ではなく「鵜のさびしさ」となっているので、一句の主題が「さびしさ」にあることがわかる。この表現から、鵜のからだの濡れそぼった姿や、しずかな波音まで感得されてくる。「波にのり」というリズムも、それ自体が波のありようをよく伝えていて、無限によせ来る波が「さびしさ」に拍車をかけている。むろん、ここでは「鵜のさびしさ」のみならず、作者みずからのこころの寂寞が仮託されていることはいうまでもない。Fにおいても、「誰か」の「悲しさ」とは、託された作者自身の「悲しさ」であるわけだが、こうした表現をとることによって、枯れ枝が折れる時の悲痛な音が聞こえてくる。Gも同様である。「こころの華やぐも」という表現は、新年へ向かう家の中の華やぎをも想起させる。

ここにあげた句はいずれも、一句の趣意のほとんどを感情表現に負っているといってよい。一句の具象性は、「もの」を出すことによってというよりも、むしろ感情表現によって達成されているのである。こうしてみたとき、秋元が、「俳句と『もの』」の中で、古俳諧と現代俳句とに根本的差異を認めて、「俳句がしだいに『もの』に執着するやうになり、『事』への興味を失つたといふことにあるのは間違ひのない、ひとつの事実」としているのには、疑問を呈さざるを得ない。芭蕉から誓子までを貫く俳諧史において、感情表現はじつは盛んに用いられてきているのである。

感情表現の可能性について述べてきた。最後に、散文と韻文の違いにも触れておきたい。歌や句などの韻文における感情表現と、物語や日記・随筆といった散文における感情表現には、質的な違いがある。

たとえば貧困の悲しみや苦しみをテーマにした作品としてよく知られた、『万葉集』の山上憶良「貧窮問答歌」がある。これは貧しい者「貧」と極貧の者「窮」とのやりとりと解されるが、「貧」の問いかけとして、

我よりも　貧しき人の　父母は　飢ゑ寒《こご》ゆらむ　妻子《めこ》どもは　乞ひて泣くらむ　この時は　いかにしつつか　汝《な》が世は渡る

と、「窮」の父母の飢えて凍えるさま、妻子の腹を空かせて泣くさまを思いやっている。これに対して「窮」は、

父母は　枕の方に　妻子どもは　足の方に　囲み居て　憂へ吟《さまよ》ひ

と答える。父母も妻子も、身を寄せ合ってうめいているというので、まことに痛ましい状況であるが、飢餓の苦しみを扱っていながら、どこか余裕も感じられる。これは韻文ゆえの効果であって、言葉を韻律にのせているところや、「枕の方に」と「足の方に」と対句風に並べて技巧的に表しているところが、深刻さをやわらげ、ユーモアすらも漂わせている。たとえば同じように飢えた人々の苦しみを、『方丈記』は次のように記す。

乞食《こつじき》、路のほとりに多く、憂へ悲しむ声、耳に満てり。前の年、かくのごとくからうじて暮れぬ。明くる年は立ち直るべきかと思ふほどに、あまりさへ疫癘《えきれい》うち添ひて、まさざまに、跡形なし。世人皆けいしぬれば、日を経つつ窮まりゆくさま、少水の魚のたとへにかなへり。果てには、笠

うち着、足引き包み、よろしき姿したる者、ひたすらに家ごとに乞ひ歩く。かくわびしれたる者どもの、歩くかと見れば、すなはち倒れ伏しぬ。築地のつら、道のほとりに、飢ゑ死ぬる者たぐひ、数も知らず。取り捨つるわざも知らねば、臭き香世界に満ち満ちて、変はりゆくかたちありさま、目も当てられぬこと多かり。いはむや、河原などには、馬・車の行き交う道だになし。

養和の飢饉によってもたらされた惨状について記した箇所で、飢えにあえぐ民衆の悲しみと苦しみの声が、ありありと聞こえてくるようだ。深刻でやるせなく、「貧窮問答歌」にあったようなユーモアなどのぞむべくもない。これは、物乞いのために家々を渡る者や、道端に腐っていく死者を、詳細に描写しているからで、歌や句においては、このようなルポルタージュ的な記述はむずかしい。そのかわりに、現世に満ちる苦しみを遠ざけるような「言霊」の力に満ちている。

どれほど痛切な感情を詠んでいても、どこか余裕が生まれる――こうした韻文の特徴は、芭蕉の句にもあきらかだ。

父母のしきりに恋し雉の声　　『笈の小文』

は、すでに亡くなってしまった父と母――とりわけ母を思っての吟であるが、親を慕う心が作者自身ではなく「雉」に仮託されている点や、「ちち」「しきり」「こいし」「きじ」とイ音を多用してリズムを意識している点からして、ただ恋しいとか懐かしいという思いに没入しているのではなく、そうした自分をどこか醒めた目で見ているような余裕が感じられるのである。

俳文「高野詣」では、この句が掲げられている直前の文章に、

　此所は多くの人のかたみの集まれる所にして、我先祖の鬢髪《びんぱつ》をはじめ、したしくなつかしきかぎりの白骨も、このうちにこそおもひこめつれと、袂《たもと》もせきあへず、そゞろにこぼるゝなみだをとゞめかねて、

といったように大仰ともいえる感情表現がみられる。関西の歌枕を探訪した『笈の小文』の旅の途中で、高野山を訪ねた所感を綴ったもので、そこにまつられた自分の先祖や父母を偲ぶ思いがほとばしっているが、その後に掲げられている「雉の声」の句は、そうした思いを受け止めつつも、韻文ならではの軽やかさがあって、文章全体の印象をやわらげている。

芭蕉の紀行文においても、韻文と散文とで、感情表現がうまく使いわけられている。『おくのほそ道』で、義経の居館があった高館《たかだち》にのぼったさいは、憧れの義経の最後の地をまのあたりにした感動で、

　国破れて山河あり、城春にして草青みたりと、笠打敷て時のうつるまでなみだを落とし侍りぬ。

と感涙にむせんだことを隠していない。これだけだと、自己陶酔的ともいえるが、その後、

夏草や兵《つわもの》どもが夢の跡

卯花に兼房《かねふさ》みゆる白毛かな　　曾良

という二句が掲げられていることで、情緒の暴走にストップがかかっている。「夏草」も「兵」もすべてのものが移ろっていくという大局的な視点を取り入れたり、義経の家臣であった老将・兼房の白髪を白い卯の花に暗喩する韻文的な技巧を働かせたりしている。そのことで、悲劇の歴史や、またそうした歴史に感動する自分自身もまた、相対化されている。

芭蕉は感情表現を多用していたが、それは作者自身の感情を垂れ流していたという意味ではない。感情表現も一つの詩的表現として戦略的に使いこなしていたというほうが正確だ。

現代の日本でも、感情表現は巷にあふれている。

街を歩くと耳に入ってくる流行歌には、「会いたくて」「君が好き」「ひとりじゃさびしくて」「未来へ歩き出そう」と情緒的なフレーズがおどっている。広告にも「困ったら、すぐに相談」とか「これがあれば幸せな毎日」といったような、感情に訴えかけてくるコピーが目立つ。感情は、だれもが持つものであり、人を動かす原始的な原動力であるから、それも当然であろう。

公権力が民衆を動かす際にも、感情をゆすぶる表現を使う。たとえば、二〇二〇年の東京オリンピックの招致活動で使われたコピーでは、

今、ニッポンにはこの夢の力が必要だ。
オリンピック・パラリンピックは夢をくれる。
夢は力をくれる。
力は未来をつくる。
私たちには今、この力が必要だ。
ひとつになるために。
強くなるために。（以下略）

（招致委員会のホームページより）

といったように、「夢の力」「未来」「強くなる」と観念的・抽象的な語が並ぶ。「オリンピックがくれば楽しいことが起こる」「いまよりも幸せな暮らしになりそう」と思わせるようなコピーだ。ここで使われている「夢」は、ポジティブな意味しかまとっていない。芭蕉の「夏草や兵どもが夢の跡」の句にあったような、自然も含めてすべての物は移ろっていくという醒めた認識が介入する隙は、ここには一分もない。だが、その醒めた認識があれば公権力のほしいままに私たちが動かされ

なかった可能性もあるのだから、浮き世離れした遊びとみなされている俳句が編み出した「言葉の表面上の意味の裏にいくつもの意味やニュアンスをかくす方法」を、けっしてないがしろにするべきではないだろう。

未踏の旅へ——時間表現

俳句の短さは、時間感覚の欠如として理解されてきた。

道のべの木槿《むくげ》は馬に食はれけり　『野ざらし紀行』

英語圏に俳句を紹介したR・H・ブライスは、この句を例にあげながら、「俳句はあのワーズワスが『時の一点』と呼んでいる瞬間を記録する。この瞬間はきわめて不思議な理由から特別な意味を持つ」（村松友次・三石庸子訳『俳句』永田書房、二〇〇四年）と俳句を定義した。

たしかにこの句は、馬が不意に道脇の木槿を食べてしまった一瞬をとらえているように見える。しかし、それは「道のべ」という言葉の含むものを無視していることにならないだろうか。

芭蕉にとって「道」とは、ただ人が歩むために均《なら》された、野の空隙を指すのではない。

この道やゆく人なしに秋の暮　『其便《そのたより》』

たとえばこの句の訴えているのは、ただ晩秋の道が寂しいということではなく、自分の歩んできた人生において真の伴走者がいなかったことの寂しさである。そこには人生行路という意味も強くこめられている。

空間上の「道」に、時間の「道」が重ねられているのだ。

つまりこの句の面白さとは、瞬間を切り取ったところに生まれているのではない。「道のべの」という導入が呼び起こす時間の流れが、馬が木槿を食べるという瞬間によって断ち切られるという、めりはりの効いた時間表現によって生まれているのだ。

形式の短さは、時間性の欠如とかならずしもつながるわけではない。和歌や短歌において、自然のうつろいと人生とを重ねることは、ごくありふれた手法だった。

妹《いも》が見し宿に花咲き時は経ぬ我が泣く涙いまだ干なくに　大友家持『万葉集』

妻が愛でていた桜が咲いてしまった、まだその死から立ち直っておらず、涙はかわくことがないのに、と流れていく時間を惜しんでいる。こうした主題は、連歌の発句にも受け継がれ、うつろいゆく季節を詠みこむのがならいとなっていく。

うす雪に木葉《このは》色こき山路哉　肖柏「湯山三吟百韻」延徳三年

雪ながら山もとかすむ夕《ゆうべ》かな　宗祇「水無瀬三吟百韻」長享二年

室町時代の連歌師・肖柏の発句は、紅葉にはやくも雪が積もっているとして、晩秋から初冬への変化を含みこんでいる。肖柏の師であった連歌師・宗祇の発句は、山はまだ雪をかぶりつつも麓のあたりには霞が立っているとして、晩冬から初春への変化を捉えている。三十一文字よりもさらに短い十七文字では、四季の変化に人の人生を重ねるということは難しくなったが、そのかわり、「季の詞」(現代でいう季語)のコード化によって、四季の変化を詠むだけでもじゅうぶんな読み応えを出すことができている。

近現代以降の俳句から、時間表現が排除されたかにみえるのは、高浜虚子の提唱した「客観写生」の普及と切り離せない。主観を意識的に排する「客観写生」では、網膜に映った映像を直感的に詠む傾向に偏りやすい。

たとえば次の句は瞬間を切り取った句の典型といえるだろう。

大空に羽子《はね》の白妙とどまれり　　虚子

打ち上げられた羽子が、大空で一瞬、静止したように見える。空の青さと、羽飾りの白さが、新春に適った清冽な映像美を創出している。

この句は映像美を別にすると、放物運動している物体は、自由落下の直前に最も速度が低くなるという物理法則を、誇張した句といえる。なぜ私たちがこの句に感動を覚えるのかといえば、「羽子板の羽子はうちあげられたら必ず落ちてくるもの」という常識が前提にあるからだ。つまり、時間の意識なしには、この句の感動も存在しないことになる。
俳句では、瞬間を意識すればするほどに、背景に時の流れが意識されるというパラドックスにつきあたる。
時間が流れることが当たり前である小説を読むときには、私たちはかえって時間を意識しない。たとえるならば、船頭の櫂さばきにしたがって、川くだりをしている感覚だ。

七月はじめの酷暑のころのある日の夕暮れ近く、一人の青年が、小部屋を借りているS横町のある建物の門をふらりと出て、思いまようらしく、のろのろと、K橋のほうへ歩きだした。

（ドストエフスキー著、工藤精一郎訳『罪と罰』新潮文庫、一九八七年）

ドストエフスキーの『罪と罰』は、主人公のラスコーリニコフが夏のサンクトペテルブルグ大通りを歩いているシーンからはじまる。読者は、「七月はじめの酷暑のころのある日の夕暮れ近く」が現在であり、ここから時間が流れ始めるのだとすぐに得心することができる。『罪と罰』では、老婆殺しを犯したラスコーリニコフが、徐々に刑事に追い詰められ、やがて自白をするという作中の時間どおりにストーリーが進行する。作中で、回想シーンが挟み込まれることもあるが、そのたびに時間がさかのぼっていることが明示されている。ついに犯行を自供したあとのエピローグは、時間が飛んでいるが、「犯行の日からほぼ一年半の歳月が流れていた」と、こまやかに説明されている。読みづらい、難しいといわれる『罪と罰』であるが、少なくとも時制に迷うことはない。ところが、俳句には、親切な船頭は存在しない。そのため、舟には乗ったが、まったく動かないということもある。あらぬところに漂っていったりもする。川の途中で、座礁したりする（これが瞬間的表現にあてはまる）。船腹を打つ川の流れに、私たちははじめて気づくだろう。こんなにも川の流れは強く、とどまりがたいものであることを。

小説に比べ、俳句の時間表現は曖昧である。「取り合わせ」という方法があるが、それによって作られた句の時間は、「切れ」という俳句特有のシステムによって攪拌され、過去・現在・未来の分類にはおさまりきれないダイナミズムを持つ。

たとえば、

夏草や兵どもが夢の跡　　『おくのほそ道』

の場合、「夏草」はいったいどの時間に属しているのだろうか。通常考えれば、いま眼前に見ている「夏草」ということになるのだろうが、過去に兵士たちが戦っていた現場の「夏草」であるようにも読める（この句の「兵」のモデルとなった源義経の高館での自害は閏四月三十日、新暦では梅雨時である）。また、「兵」はどうだろう。「夢の跡」、つまり過去のものであると思われながらも、やはり「夏草」にオーバーラップしてくるので、眼前に戦う兵士たちが（あくまで幻覚としてではあるが）見えているようでもある。さらにいえば、「夏草」は、「夏草」だけを指し示すのではない。

それ以前の枯れている草や、萌え出た草、そして「夏草」以後のふたたび枯れていく草もイメージされる。この句において、どこまでが現在で、どこまでが過去かを、明確にすることはできない。この重層性により、小説に比べてはるかにボリュームの小さな俳句においても、その小ささを感じさせない表現が可能となっている。

あるいは、

行く春を近江の人と惜しみける　『猿蓑』

という句の「近江の人」が、過去と現在、どちらの時間帯に属するのかは、はっきりしない。この句は近江蕉門の面々と琵琶湖に船を浮かべて遊んだ折の句であり、「近江の人」とはその場にいた弟子たちのことをさすのだが、芭蕉自身が「古人もこの国に春を愛する事、をさをさ都にも劣らざるものを」(『去来抄』)と述べているとおり、そこには都に劣らぬほどに近江を愛して歌に詠んだ古《いにしえ》の風雅人の面影も重ねられているのだ。

このように、『罪と罰』などの西洋小説と比べてみると、俳句の時間は、過去と未来のどちらに属するのかはっきりしない。これは、時間の認知の仕方には直線的時間意識と循環的時間意識の差があり、日本では後者、つまり自然や歴史は螺旋のように同じことを繰り返すという時間意識が顕著であることとかかわっている。芭蕉もまた、夏草や近江の人といった眼前のものを、かつても存在し、これからも存在するものとして認識しているのである。

芭蕉の句に詠まれているものを「いま」と限定してしまうと、取りこぼしてしまうものが多い。

ほろほろと山吹散るか瀧の音　『笈の小文』
あかあかと日はつれなくも秋の風　『おくのほそ道』
閑さや岩にしみ入る蟬の声　同

加藤周一は、和歌や短歌に比べてもはるかに短い俳句では「回想を容れる余地がなく、そのなかで時間の持続を示すのは至難である」として、これらの芭蕉の句をあげながら、「そこでは時間が停まっている。過去なく、未来なく、『今＝ここ』に、全世界が集約される」と述べている。そうした俳句が日本人に広く愛されているのは、過去や未来にこだわらない日本文化の特質に合致しているからだというのが、加藤の考え方だ（『日本文化における時間と空間』岩波書店、二〇〇七年）。

しかし、「山吹」の句では、「散るか」と詠嘆の「か」を用いていることで、滝の音と並行して散っていく山吹の花びらに見入っている時間が詠みこまれている。そのことは、仮に「山吹散るや」と、切れ字の「や」を用いると、時間の厚みがすっかりなくなってしまうことでわかるだろう。「秋の風」の句でも同様に、「つれなくも」と反転させた微妙な言い方を取っていることで、「残暑の日は強く照りつけているが、じっくりと風を感じてみれば、すでにひんやりとした秋の気配が漂いはじめている」と、やはり思量する時間が入り込み、そのことによって初秋の風の微妙な冷たさが実感されるのである。

また「蟬の声」の句では、まさに「しみ入る」という表現は一瞬の事ではありえず、蟬の声を聞いていた時間の長さがあらわになっている。じっと蟬に傾けている時間の積み重ねがあるからこそ、その極みに「閑さや」の気づきに至ったという展開に説得力が生まれるのだ。

芭蕉の時間表現は多彩だ。静止画というより、動画的な句も多い。


蝶の羽のいくたび越ゆる塀の屋根　『芭蕉句選拾遺』

この句は、

方丈の大庇より春の蝶　高野素十

という客観写生の信奉者である素十の句と並べてみると、その時間表現の違いがわかりやすい。ともに、「塀」「大庇」といった硬質で頑強なものと、軽妙な「蝶」というものの対比が内在しているところは共通している。「塀」は向こうとこちらを、「大庇」は空と地上を、それぞれ分けるものであり、境界を示すものであるというところも見逃せない。人間は、「塀」を越えて向こうにいくことはできない。「大庇」の向こう側の空に行くことはできない。「蝶」は、人間が越えられない境界をかるがると越えてしまうものとして登場する。

芭蕉の句は、たとえば「蝶の羽の越えてゆきけり塀の屋根」という、瞬間的な図像を捉えた句でもよかったはずなのだが、「いくたび」ということで、蝶が塀の上をいったりきたりしている時間の流れが含みこまれることになる。その時間の緩慢さは、蝶の季語が指し示すところの、春の季節感にいかにも適っている。人間社会のせわしなさとは隔たった、蝶のゆっくりとした時間感覚に、私たちはこの句を通してなまなまと触れることができる。

素十の句においては、「大庇より」のあとに略されているのは「舞ひ出た」に類する語であり、完全に瞬間を切り取ったというわけではないが、それでもやはり動画というよりは静止画に近い対象の捉え方といえる。

芭蕉の句には、さらに長いスパンの時間表現も見て取れる。

年々や桜を肥やす花の塵　『蕉翁全伝』

この句は、散っていく花びらを、みずからの滋養として桜が育っていくという、数十年というスパンの時間がとらえられている。

五月雨の降り残してや光堂　『おくの細道』

東北への旅で、中尊寺金色堂を訪れた芭蕉が、その黄金の輝きを不壊《ふえ》と見た句である。この句の初案は、

五月雨や年々降るも五百たび

『曾良本おくの細道』

というもので、五百年もの時間を主題にした句であることがわかる。改作したことによって、「五月雨」の時間が重層的になった。改作前には、「五月雨」はあくまで過去の五百年の時間の中に降っていたが、改作後の「五月雨の降り残してや光堂」では、過去に降り続く「五月雨」に加え、眼前の「光堂」に降るものとして、いままさに降っている雨としての「五月雨」という二重の意味を負っている。人間の作った「光堂」が、人間の予期したよりもはるかに長大な時間――悠久にも擬せられるような――を耐久していることの驚きが、過去と現在の別を超えた重層的な時間表現によって示されているのである。

時間は、人間の意識が生み出す。本来は、人間の寿命である百年を超えるような年月については、認識できないはずだ。しかし、自然の風物を主な対象とする俳句においては、そうした人間を超えた時間を取り入れることを可能としている。

人間が、世界に驚く――そのもっともシンプルな姿を見せてくれるのが、芭蕉の句だ。その中では、人間とは異なる時間に属する自然が捉えられている。自然の向こうには、世界が広がっている。短詩である俳句は、自然の断片を切り出すことで、世界そのものを表す。時間の流れもことわりも異なる世界がすぐ隣にあることを、こうした芭蕉の句は、まざまざと感じさせてくれるのである。

時間を感じさせる表現として、動詞を除くことはできない。動詞は、動作をする時間を必然的に含んでいるために、程度の差はあれ「動画的表現」を生み出す。

たとえば、

草の葉を落つるより飛ぶ螢かな　『いつを昔』

という句は、草の葉を落ちたと思った蛍が、ふっと飛び立っていったという一連の動きを描いた句で、動詞が要といえる。

動詞を重ねて精緻な描写をもたらすといった技法は、近現代俳句にも作例がある。

夏草に汽罐車の車輪来て止る　山口誓子
椿落ちて虻鳴き出づる曇りかな　芝不器男
春ひとり槍投げて槍に歩み寄る　能村登四郎

誓子の句は、駅の構内に入ってきた機関車が、風圧で夏草を揺らしながら線路上を進んできて止まるさまを「来て止る」といったことで、次第に緩慢になっていく車輪の動きが活写されている。

不器男の句は、落ちた椿から、いまのいままでそこで花粉まみれになっていた虻があわてて飛び出してきたといって、けだるい春の昼にふさわしい風景を描き出している。登四郎の句は、「投げて」「歩み寄る」と動詞を重ねつつ、みずからの投げた槍を自ら拾うという行動のシーシュポス的な無益さを読者に気づかせ、果てのない鍛錬にひたすら打ち込むやり投げ選手の孤独を浮き彫りにしている。芭蕉の「螢」の句は、これらの句の先取りといってよいだろう。

動詞については、「文は動詞が作るものである」と『カイエ』に記したヴァレリーの分析が参考になる。ヴァレリーによれば、言語の基本は身ぶりにあり、詩はその身体性を自覚させる働きがあるという（伊藤亜沙『ヴァレリー　芸術と身体の哲学』講談社学術文庫、二〇二一年）。たとえば「把握する」という意味を持つ「saisir」にはもともと「摑む、握る」という物理的な動作をあらわす意味があった。

身振りから言語が発生したとするヴァレリーの思考を参照するなら、

五月雨を集めて早し最上川　『おくのほそ道』

といった句の場合、「集めて」という動詞が中心であるということになる。本来は「あちこちに降った雨を最上川が集める」という奇矯な表現は理解不能のはずであるのに、私たち読者がこの句を受け止められるのは、たとえばドングリを道で拾い集めたり、砂の山を作るために手でかき集めたりといった動作をよく知っているからだ。最上川は別名「早川」とも呼ばれ、この句の「早し」には芭蕉の独創があるとはいえない。私たちの身体に訴えかけるように「集めて」という動詞をここに配置したことにこそ真価があるといえるだろう。
芭蕉の句には、読者にみずからの身体を自覚させるような表現が多い。

衰ひや歯に喰ひ当てし海苔の砂　『己が光』
さざれ蟹足這ひのぼる清水哉　『続虚栗《ぞくみなしぐり》』

噛んだ砂の触感が、口の中にじんわりと広がっていく感覚や、蟹が足をもぞもぞと這い上ってくる感覚は、限定された瞬間というわけではない。動詞を用いることで、厚みのある時間が表現され、私たちの身体感覚を再現している。
むろん、動詞を活用したのは、芭蕉ばかりではない。正岡子規の高弟であった河東碧梧桐の句の特徴は、動詞の多用にある。

相撲乗せし便船のなど時化となり　碧梧桐
温泉まはりして戻りし部屋の桃の活けてある
釣れた鮎をつかんで座敷の皆の前にあがつた

こうした句は、当時一世を風靡した「新傾向俳句」と呼ばれる作風である。これらは子規の「写生」を純粋に追求した句であり、現実をありのままに写し取った結果、時間もまた流れるままに写し取られている。

では、これらの句と、さきほどの芭蕉の句とは、どう違うのであろう。まずあきらかなのは、碧梧桐は五七五の定型を崩しているのだが、これは本質的な違いではない。これらの句では、共通して主体も対象も、人間であり、そこに詠まれている時間の流れは、あくまで人間の体感に基づいている。それは、人間社会の様相がいきいきと描けているといえるのだが、逆にいえば、そこを一歩も出ていないといえる。

もう一度、芭蕉の「草の葉を落つるより飛ぶ螢かな」をふりかえってみると、ここでいう「落つるより飛ぶ」は、落ちると思っていた蛍が飛んだという、人間の予想を裏切る展開が書かれている。碧梧桐の「温泉まはりして戻りし部屋の桃の活けてある」も、もちろん湯宿に帰ったときに桃の花が活けてあったことは作者にとって予想外であったわけだが、私たちの生活の中では何度も繰り返されてきた展開でもある。

碧梧桐にも「鳥渡る博物館の林かな」「空をはさむ蟹死にをるや雲の峰」など、人間の体感する時間とは異なる時間が詠みこまれている句もある。しかし、碧梧桐には「新傾向俳句」を喧伝するための全国行脚の過程で詠まれた人事句が多い。それは、ライバルだった虚子の「花鳥諷詠」に対抗する意図もあったことは容易に想像できる。

これと比較すると、芭蕉の句には、人間の時間を超えた時間が詠まれている。生物学者の本川達雄によれば、動物の体感時間はそれぞれのサイズに応じて一様ではなく、体重の重い生き物ほど時間をゆっくり感じるという（『ゾウの時間　ネズミの時間』中公新書、一九九二年）。動物たちと人間たちの体感する時間は異なる。動物ばかりではない。植物や自然物も同様に、それぞれの時間を持っている。芭蕉の詠む時間は、小動物、あるいはその全容を認識不可能の自然まで含まれる。そこに流れる時間は、人間とはかかわりのない、計ることもできない時間だ。「共感的な想像力に限界はない」とはJ・M・クッツェーの言葉であり、彼は想像することによって犬や馬ばかりかコウモリの立場すら理解できるというのだが（森祐希子・尾関周二訳『動物のいのち』大月書店、二〇〇三）、それは人間の想像力の過大評価ではないだろうか。動物の思考を人間にも理解なものとして不当に歪めることにもなりかねない。芭蕉は自然界の生き物を理解しようとしているのではなく、異なる時間を生きるものとして向き合い、緊張感のある把握をしている。人間の定めた時間に追い立てられている私たちは、そうした人間とはかかわりのない時間の流れに、芭蕉の句を通して触れることができる。

「取り合わせ」「静止画的表現」「動画的表現」に続き、もうひとつ、芭蕉の時間表現を見ていきたい。それは、「対句的表現」である。

対句はもともと、杜甫の「春望」にみられる、

国破れて山河あり　城春にして草木深し

に典型的な、漢詩の技法であった。和歌のアンチテーゼとしての俳諧は、漢詩の硬質な文体を模倣することで新しみを狙ったが、芭蕉の場合はただ文体をまねるために使われているのではない。時の移ろいを表現するために有効な技法として選択されている。

対句的に時間を表現した句とは、たとえば次のような作だ。

草の戸も住み替はる代ぞ雛の家　『おくの細道』

雲の峰いくつ崩れて月の山　同

「草の戸」の句では、「草の戸」「雛の家」という部分が対句仕立てになっている。いまは粗末な庵であるが、ここを引き払ったあとには家族連れがやってきて、雛を飾る家になるだろうという句意である。同じ家にもかかわらず、その外見や内実が変化しているという時間の流れが、現状（「草の戸」）と未来（「雛の家」）と端的に示されているため、くどくどしい説明がなくてもイメージしやすいようになっている。

「雲の峰」と「月の山」も同様で、「峰」「山」という類似のイメージを介して、入道雲が盛り上がる昼と、月山の名のとおり月が山を照らしている夜という、一日の時間経過が、停滞感なく読者の腑に落ちる。

このような対句による時間表現のヴァリエーションとしては、

七株の萩の千本《ちもと》や星の秋　『鯉屋伝来横物』

おもしろうてやがて悲しき鵜舟かな　『あら野』

菊の後《のち》大根の外《ほか》更になし　『陸奥鵆《むつちどり》』

といったように、類似の語を並べて時間の経過を表現する方法である。これらは、対句的表現というわけではないが、対句的な発想に支えられているといえるだろう。

「七株」の句は、友人・素堂亭に集まった七人の仲間たちを「七株の萩」になぞらえ、それが千本にまで茂り栄える未来を七夕の星空に祈ったものである。「七」が「千」になるという数字の増加、それにともない「株」が「本」になるという単位の変化によって、散文的に説明することなく時間の経過が表現されている。素堂の母の長命を寿ぐという趣向をこめて、一句の中に詠まれているのは、星に願うにふさわしいような、途方もない長い時間である。

「鵜舟」の句では、「おもしろ」「かなし」もともに、感情表現であるところが重要だ。言葉の属性が同じであり、「おもしろうてやがて悲しき」と心の問題であることが一貫しているために、散漫になることを防いでいる。「おもしろ」と「悲しき」は正反対といってもいい感情であり、「やがて」という短い時間の間にここまで大きく感情が揺れ動くということで、鳥を思うさまに使役する鵜飼の惨《むご》たらしさが暴かれているのである。

「菊の後」の句についても同じことがいえる。晩秋に咲く菊は、一年に見かける花の打ち止めであるのだが、いやいや、見るべきものに大根があるではないかという。「菊」と「大根」は、ともに地面から生える植物であり、属性が共通している。属性は共通しながら、清雅な「菊」と、ごくありふれた食材である「大根」という、これもまた対極的な二つが並べられている。しかもこの句では、「更になし」、つまり比べ物にならないくらい美的価値に差のある「菊」と「大根」とを、まるで差がないように並べていることに驚きがある。

このような対句、あるいは対句的技法は、混沌とした現実の中から理知的に類似するものを二つ取り出してきて並べ、時間の変化をわかりやすく示している。たとえばスタンリー・キューブリック監督の映画『２００１年宇宙の旅』の序章において、類人猿が放り投げた動物の骨が、次のショットでは宇宙船に変化するというシーンがあるが、何十万年という時間を飛び越えるにあたって、「動物の骨」と「宇宙船」という、ともに細長く硬いという共通点を持つ二物を並べることで、観客に衝撃と納得感の両方を与えるという技法と対句は類似している。

芭蕉の句における時間表現として「取り合わせ」「静止画的表現」「動画的表現」「対句的表現」

の四つを取り上げてきた。そもそも、東聖子が「季の詞」を「〈時間性〉を投入する素材」（『蕉風俳諧における〈季語・季題〉の研究』明治書院、二〇〇三年）と定義しているように、季語そのものが四季に紐づけられた言葉なのであり、季語を入れるだけでその句は時間性を帯びることになる。そのうえで表現上の工夫によっても時間を取り入れるという、二重の時間表現が仕掛けられた文芸が俳句なのである。瞬間を切り取って、その背後に時間の流れを感じさせる「静止画的表現」は、あくまで多彩な時間表現の一つでしかないというべきだろう。

このような視点でみていくと、俳句史の中で名句とされているもののなかにも、たとえば、

遅き日の積もりて遠き昔かな　蕪村
降る雪や明治は遠くなりにけり　中村草田男
湯豆腐やいのちのはてのうすあかり　久保田万太郎

など、じつは時間表現が用いられているものが多いと気づく。蕪村の句は「遅き日」と「遠き昔」の「対句的表現」がとられている。また草田男の句や万太郎の句は、「夏草や兵どもが夢の跡」と同様、取り合わせで作られており、句中の切れによって過去とも現在とも定めがたい複雑な時間表現がとられている。

では、ほかならぬ「芭蕉の時間表現」にはどんな特徴があるだろう。蕪村とも草田男とも万太郎

とも異なる、芭蕉独自の時間表現とは何か。

まず、伝統的な無常思想を基底にしているというのが、そのひとつであることはいうまでもない。

世にふるもさらに時雨の宿りかな　　宗祇

中世の連歌師・宗祇は「世にふるは苦しきものを槇の屋に安くも過ぐる初時雨かな」（二条院讃岐『新古今集』）を心に置き、人の一生は束の間の時雨の雨宿りにも似ていると無常を託《かこ》った。隠者文芸の正当な継承者である芭蕉は、

世にふるもさらに宗祇の宿りかな　　芭蕉『虚栗』

と、この宗祇の無常観を「まさにそのとおり」と肯定している。

アメリカの作家エヴァ・ホフマンは、「私たちは驚くほど時間的な生き物である」と人間を定義する（早川敦子監訳『時間』みすず書房、二〇二〇年）。そして、「あらゆる実存的な問いの根源には、時間の有限性が」あり、「限りある人生にどのような意味があるのか、そこから何を導き出せるのかと。このような問いをめぐる最も豊かな思索は、しばしば芸術に見出される」と芸術の役割を指摘する。

多くの偉大な芸術作品のテーマは、時間の流れを、その痛みもろともに表現することであり、時

間を明確なテーマとして打ち出していない作品の深層にも時間性をめぐる領域が存在し、それは構造や形式を通して見えてくる。（同前）

無常観の文学は、エヴァのいう「時間の流れを、その痛みもろともに表現する」芸術の、日本文化におけるあらわれのひとつといえる。

ただし、芭蕉の句のすべてを無常観でくくってしまうのは早計である。

やがて死ぬ景色は見えず蟬の声　『猿蓑』

たとえばこの句の場合、鳴きしきっている蟬もいつかは短い命を燃やし尽くすのだろう、しかしいまはそんな気配はまるでない、という内容であるが、傍線部までであれば、まさに無常思想の表現ということになるだろう。しかし、肝要なのは最後に「見えず」と打ち消しているところである。この句では、あくまで蟬の死ぬ未来は空白のまま留め置かれている。理性では蟬の死はわかっていても、鳴きしきっている現実を前にすると、実感ではそうは思えない。判断を保留しているのは、さきほども述べたように、芭蕉が人間の時間にとらわれていないからだ。蟬には蟬の時間があり、そこを人間が人間の物差しで判断してはならないという思想が、この句の底にはあり、それは無常思想とは似て非なるものといえる。

実際、芭蕉の句からは、「時間に翻弄される自分」があえて書き込まれている例を、いくつも拾

うことができる。たとえば、

名月や池をめぐりて夜もすがら　『あつめ句』

という句から、仮に「夜もすがら」という時間表現を外してみるとどうだろう。名月の美しさに魅了され、池のまわりをうろつきまわる。それだけの句であれば、ごくありふれた風流人と変わりがないだろう。ここでは「夜もすがら」、つまり一晩じゅうを月見の時間に費やしたということで、この句の主体の月への思い入れの深さを表現している。「風雅に殉じる時間の長さ」を表すことは、風狂を主題とする芭蕉にとって、必要不可欠であったのだ。

芭蕉はこの句で、名月のベストコンディションに近づこうとしているようにみえる。しかし、実のところ、この句で表現されているのは、名月のベストコンディションからはずれ続けているという実感だ。「夜もすがら」の時間をかけたのは、結局のところ、一瞬たりとも月の美を満喫することができなかったからにほかならない。

芭蕉はここで、月の美という対象に遅れ、はしごを外されている。たどり着こうとして、失敗している。いまという時間に、充足することがない。

面白し雪にやならん冬の雨　『俳諧千鳥掛《ちどりがけ》』

本当に「面白し」なのは、雪になってからの眺めであるはずだ。しかし、「雪にやならん冬の雨」と、まだ雨の状態を「面白し」といっている。芥川龍之介の「芋粥」を持ち出すまでもなく、期待しているときがもっとも充実しているというのが人間心理である。現在ではなく、未来に心が置かれている。

しばらくは花の上なる月夜かな　『初蟬』

せっかくの花と月の眺めにもかかわらず、芭蕉はそこに没入することなく、すでに「しばらく」のちに、その美が失われてしまった時のことを意識している。

盗人に逢うた夜もあり年の暮　『続猿蓑』

歳末に一年のことをふりかえるという心情はだれにでもあるが、よりにもよって「盗人に逢うた夜」と、ハプニングのあった夜のことを思い出している。ハプニングがありながら、一年を無事に終えることができたと安堵しているというよりも、ハプニングがあった夜にいまだ支配されている感じだ。

このように芭蕉は、今という時間に安住することがない。つねにその精神は、過去や未来に貪欲に手を伸ばしている。人間が自然や人事を「無常」とみなしてきたことの真実を、確かめようとするように。

本来の季節とのずれもまた、芭蕉の句にしばしば詠まれるものだ。

夏来てもただひとつ葉の一葉かな　『笈日記』
いざよひもまだ更科の郡《こおり》哉　『更科紀行』
胡蝶にもならで秋経る菜虫かな　『後の旅』
はやく咲け九日《くにち》も近し菊の花　『俳諧石摺巻物』

一句目は、夏になればもろもろの草は茂るものの、ヒトツバ（シダ類）は変わらず一枚の葉のまま、と季節とかかわりのないヒトツバを興味深く眺めている。二句目は、月の名所である更科を去りがたく、十五夜の次の十六夜まで残っていると言って、月への執心を打ち出した。三句目は、蝶になることもなく秋になってしまった青虫を面白がっている。四句目は、重陽の節句に間に合うように菊に咲けといっているのだが、どだい無理な話だ。菊はこちらの思惑通りに咲いてくれるわけではない。重陽の節句にとらわれ、「早く咲け」と願ってしまうほどの自分自身を、面白がっている。

いずれも「来てもただ」「まだ」「にもならで」「はやく」など、季節とのずれが強調されている。ここから、兼好『徒然草』の有名な「一三七章」の冒頭を思い出すのはたやすい。

花は盛りに、月は隈なきをのみ見るものかは。雨に向かひて月を恋ひ、垂れ籠めて春の行方知らぬも、なほあはれに情け深し。咲きぬべきほどの梢、散りしをれたる庭などこそ見どころ多けれ。

花は満開、月は満月だけが見るに値するわけではなく、盛りをずれた物事の始めと終わりにこそ情趣があるとする兼好の考え方が、これらの句にも流れこんでいるようにも見える。しかし、芭蕉は果たして茂らないヒトツバや、秋の菜虫を、「あはれ」や「見どころ」多いとみているのだろうか。あるいは、十六夜も更科に残り続け、重陽に間に合うように菊に咲いてほしいと願ってしまう自分を、風流人として肯定しているのだろうか。これらは、季節外れの物を無粋とも、あるいは逆に風流ともいっているわけではない。あるいは、季節を逃してしまった自分を、肯定するでも否定するわけでもない。ただ戸惑ったり、驚かされたりしている。これらの句から伝わってくるのは、無常観という言葉で意味付けされる前の、時間の流れに翻弄される心である。季節の移ろいは、必然的に期待とはずれるものであることが示されている。ヘラクレイトスのいうように「万物は流転する」のは自明として、その上で、常に主体の予期し得ないかたちであらわれる自然の変化を面白がっている。その楽しさが、無常の世に生きる喜びとなっている。ここに、芭蕉の時間表現の独自性がある。

芭蕉も深く時間に関心を抱いた文化人であったことは、俳句はもちろん、散文の端々にもあきらかだ。よく知られた『おくのほそ道』は「月日は百代の過客にして、行き交ふ年もまた旅人なり」という一節からはじまり、この旅が空間のみならず時間の旅でもあることを、のっけから示している。

ただし芭蕉は、時間という観念的なものについて、直接語ってはいない。時間はつかみどころがないため、時間について語ろうとするときには、空間の比喩を使わざるを得ない。時間を空間で譬《たと》えた古来定番のたとえは、水の流れである。『方丈記』の冒頭はつとに知られている。

行く川のながれは絶えずして、しかも元の水にあらず。よどみに浮ぶうたかたは、かつ消えかつ結びて久しくとゞまることなし。世の中にある人とすみかと、またかくの如し。

瀬戸賢一が「〈流れ〉は時間のメタファーの中心であり、普遍性が高い」というように（『時間の言語学』ちくま新書、二〇一七年）、川の流れを時間に譬える発想は、古くから日本人にしみついたものだ。しかし、時間の捉え難さを知っていた芭蕉は、こうした単純な比喩に甘んじることはなかった。

夏草や兵どもが夢の跡　　『おくのほそ道』

前章に述べたように、「夏草」は兵の暗喩であるという断定はできない。同様に、それは現在あるいは過去のメタファーとも限定できない。

自然と文学との関係を研究するフランスの歴史家アラン・コルバンは、西洋文学に表れる「草」の文化史『草のみずみずしさ』の中で、「草は人間の推移の象徴」であり、同時に「人間にとっての不可避の死とは対極の、生命の象徴でもある」としている。コルバンがその実例として引くフランスのルネサンス期の詩人ピエール・ド・ロンサーヌによる、

牧場に伸びる草は、死んでも生き返るのに、
人間が墓に閉じ込められると
地中に沈み、もはや戻ってこないのは
いったいどういうことだろう。

（小倉孝誠・綾部麻美訳『草のみずみずしさ』藤原書店、二〇二一年）

という詩は、草が何度も蘇る命のメタファーとして使われていて、芭蕉の「夏草」の句に近い内容ともいえる。ただ、こうした「草」＝不滅／「人間」＝必滅という単純な二項対立で芭蕉の句を解してしまってよいものだろうか。俳句の短さは、言葉と言葉の距離を近づけ、一つの語のニュアンスをより複雑にしていく。「草」は、枯れては再び盛んに茂る生命力を表してもいるが、同時に「夢」の存在でもある。「草」が「夏草」としてこんなにも猛々しくわが前にありながら、やはりそれも「夢」の存在である以上、かつてここで戦った「兵」たちと同様に、時が過ぎればあとかたも

なく消え去ってしまう運命にある。その束の間の盛んなるときに――春のまだういういしい草でもなく、秋や冬のしおれて勢いを失った草でもなく――思いがけずここで出会えたことの喜びが、芭蕉を感動させ、涙を流させた。

この句が掲げられた直前のフレーズが、「時の移るまで涙を落としはべりぬ」であることは重く見たい。「時の移るまで」とは、長い時間のたつまでという意味だが、それは「夏草」の句に流れている時間の長大さをも暗示している。過去から未来へつながる長大な時間の流れを思い、その中で起こるさまざまな出来事――それは人間側からすれば悲劇や喜劇と名付けられるのだが、そう名付けられる前の無垢な精神に立ちかえることで、起こることひとつひとつに驚き、それらを味わい、いま生きていることの喜びに浸る――そのような心から湧き出てきた涙であるのだ。

ただ、古き時代の兵たちを偲んで泣いているわけではない。それは仏教の無常観を超えようとする、「僧にもあらず俗にもあらず」（『鹿島詣』）の立場をとる俳諧師としての挑戦であった。

無常観とは、ある現象が時間の変化とともにおこるべくしておこることを前提にした思想である。

花の色は移りにけりないたづらにわが身世にふるながめせしまに　小野小町

小町にとって、桜の色が移ることは自明である。自分の容色の衰えと同じ現象として並べることに、疑いは微塵もない。ただし現実には、季節のすべてが私たちの予想どおりに進むわけではない。桜が予想外にしぶとく残り、晩春の景色に居座ることもある。そもそも、咲きはじめたころに強風が折悪しく吹き、無惨にも裸の枝をさらすことにもなりかねない。

芭蕉は、なにも色付けされていない白紙の前に、おのれの句作の筆を置こうとした。自然や人生を無常とみなしてしまうことは、すでにその紙が汚れていることを意味する。

もう一度、冒頭に掲げた句に戻ってみよう。

道のべの木槿は馬に食はれけり　　　芭蕉

ここで馬の口に吸い込まれていったのが、椿でも山茶花でもなく、木槿であった理由を考えなくてはならない。

朝に咲いて夕方にはしぼんでしまう木槿は、人生の儚さを諭《さと》す花とみなされていた。白楽天の七言律詩「放言」に、「木槿」（ここでは朝顔の意）が詠われている。

松樹は千年なるも終《つい》に是《こ》れ朽ち、
槿花は一日なるも自ずから栄と為す

千年の命を誇るという松でも、いつかは朽ち果てる。一日だけの命である木槿も、短い時間に栄華を見せる。人の世も同じ、栄枯盛衰もまぼろしのようなもので、こだわるなかれと、白楽天は諭していく。

芭蕉の句における「木槿」は、この「槿花一日の栄」という俚諺《りげん》ともなった木槿のイメージを、そのまま襲っているようにもみえる。ただでさえ短い木槿の命が、さらに早められたというのだから。しかし、「しぼむ」と予感されていた「木槿」が、実際は「馬」によって「食はれ」るという末期を迎えたという一句から伝わってくるのは、無常を嘆じる心よりもむしろ、予期せぬことに直面した驚きのほうが勝っているのではないか。

季節は人間の観念通りに流れるわけではない。もともとはかない命の「木槿」も、あっけなく食べられてしまうことがある（あるいは逆に、思いがけなく咲き続けることもあるだろう）。人間の思惑や感情とは別に、木槿には木槿の、馬には馬の時間がある。予期せぬ世界と出会う驚きにこそ芭蕉の関心はある。読者は芭蕉の驚きを通して、自身がいかに常識と泥《なず》んでいたのかを知らされ、価値づけられないものの多さに気づく。

古きものは死ぬが、しかし夏草としてよみがえることもある。

反対に、いくら五月雨が降ろうと、朽ちることのない人工物もある。

山や川や海も、不壊のものではない。

人と自然。過去と現在。現在と未来。これらはすべて予期できない、未知にあふれている。すなわち、芭蕉の旅とは、つねに未踏の道に臨む旅だったのである。

いかに読み応えを出すか——比喩表現

「おひさま、笑っているね」

「ぶらんこ、さびしそう」

比喩は、子供もよく使う。文学表現のふるさとといってもいいだろう。

古今東西のあらゆる文学から、卓越した比喩表現を拾い上げることができる。一つの例として、村上春樹の小説「１９７３年のピンボール」(「群像」一九八〇年三月号) から引用しよう。


アパートに戻り、食事をした。僕が風呂に入ってビールを一本飲み終える頃に三匹の鱒が焼き上げられた。そしてその脇に缶詰のアスパラガスと巨大なクレソンが添えられた。鱒には懐かしい味がした。夏の山道のような味だ。

鱒の味を、「夏の山道のような味」と譬えるのは、思いもしない表現だ。鱒はサケ科の魚。一般に、海でとれるのをサケ、川でとれるのをマスと区別している。鱒は山奥の川を連想させるから、そこに至るまでの「夏の山道」を連想するところに無理はない。この比喩の非凡さは、本来は視覚イメージである「夏の山道」を、味覚の味に譬えた、共感覚的発想にある。降り注ぐ日差しの強さや、ざわめく草木の茂りを思わせる「夏の山道」に譬えたことで、「鱒」の野性味に富んだ味が、あたかも実際に舌に載せたかのようによみがえってくる。

俳句においても、比喩表現は古い歴史を持つ。和歌文学者の鈴木宏子によれば、比喩すなわち「見立て」という言葉自体が、俳諧がルーツだという。

「見立てる」つまり「しっかり見さだめて立てる」という動詞は『古事記』にもみられるものであるが、このことばに「そのものと見なす、なぞらえる」という意味が生じたのは江戸時代のことである。文学用語の見立ても、和歌よりも先に、江戸の俳諧のテクニカル・タームとして用いられていた。

（『「古今和歌集」の創造力』ＮＨＫブックス、二〇一八年）

初期俳諧の「貞門派」「談林派」においては、さかんに見立ての句が詠まれた。それぞれの流派の代表的俳人の句をあげてみよう。

すそ野暑く頭寒足熱富士の山　貞徳『崑山集』
七夕の仲人なれや宵の月　同『犬子集』
阿蘭陀《オランダ》の文字か横たふ天《あま》つ雁《かり》　宗因『続境海集』
すりこ木も紅葉《もみじ》しにけり蕃椒《とうがらし》　同『難波草』
しししし吾子の寝覚の時雨かな　西鶴『両吟一日千句』

「貞門派」を率いていた貞徳は、夏の富士の山を「頭寒足熱」と見立てる。すなわち、ふもとは夏の日差しで暑く、いただきはまだ雪をかぶっている姿を、病を養っている人になぞらえた。また、牽牛織女が出会うのが天の川だとすれば、そのかたわらの月とは、さながらふたりの仲人であろうと、洒脱な比喩で七夕を寿ぐ。

宗因は「談林派」らしく、発想がさらに大胆だ。古来風雅なものとされてきた雁の列を、わけのわからないオランダ文字じゃないか、と茶化す。あるいは、由緒正しい「五箇の景物」のひとつとされてきた「紅葉」をトウガラシと見立てて、命なきはずのすりこぎも赤く染まったと喜んでみせる。西鶴は、無常観とかかわりの深い「時雨」を、たくましい赤子の小便に譬えて、伝統美を日常に引きずりおろす。

牧藍子は、初期俳諧の特徴として、「見立て」「掛詞」「とんち的発想」の三つを挙げている（『元禄江戸俳壇の研究――蕉風と元禄諸派の俳諧』ぺりかん社、二〇一五年）。見立ては、当時の俳諧においては、ただの技巧ではない。文芸としてのアイデンティティを保証するものだったのだ。
芭蕉もまた、俳諧の道に入ったばかりの若い頃には、見立ての句を多く詠んでいる。

寝たる萩や容顔無礼花の顔　『続山井』寛文六年・二十三歳
色付くや豆腐に落ちて薄紅葉　「真蹟短冊」延宝五年・三十四歳
行く雲や犬の駆《か》け尿《ばり》村時雨　「六百番誹諧発句合」同

「寝たる萩」は、枝を低く広げる萩を、女性になぞらえた和歌由来の見立て。起きているときは「容顔美麗」ながらも、どんな美女だって寝ているときは油断して「容顔無礼」、見るもむざんな姿になると可笑しがっている。「色付くや」の句は、トウガラシを載せた紅葉豆腐を、文字通りに紅葉によって色づいた豆腐と見立てたのが眼目だ。「行く雲や」は、降っては止む時雨を、田舎道のあちこちでマーキングする犬の尿に譬えた。
やがて芭蕉は江戸の中心である日本橋から深川に移り住み、新しみを求めて、みずからの句境を変えていく。注目するべき作が、元禄元年、四十五歳のときに作られている。

何事の見立てにも似ず三日の月　『あら野』

「見立て」という、俳諧のテクニカル・タームを句に入れた、珍しい作だ。三日月は古来、さまざまなものに見立てられてきたが、そんな安易な見立てが通じないほどに、あの空に浮かぶ三日月は美しいのだ、という。

月は、さまざまなものに譬えられる。三日月ひとつをとっても、眉、剣、釣り針、鎌など、多種多様に見立てられてきた。

『芭蕉句集』（角川ソフィア文庫、二〇一〇年）におけるこの句の解説の中で、佐藤勝明が引用している例句は、次の通りだ。

鈎針《つりばり》や目にさへかゝる三かの月　　不案『犬子集』
天のはらの草かり鎌か三ケの月　　宗俊　同

不案の句は、三日月を釣針に見立てて、三日月の美が見る人をひきつけるのを、目を釣針でひっかけられたようなものだ、という。宗俊の句は、織姫と彦星の出会いの場である天の川のほとりが草ぼうぼうではいけないので、三日月の草刈り鎌があそこにああして用意されているのだろうと洒落た。

芭蕉自身も、月を何かに見立てた句を若い頃に詠んでいる。

月の鏡小春に見るや目正月　　『続山井』寛文六年・二十二歳

木を伐りて本口《もとくち》見るや今日の月　『俳諧江戸通り町』延宝五年・三十四歳

一句目は、鏡のように澄んだ丸い月を「月の鏡」と見立てた。それを縁に、「見る」「目」を導き出して、「目正月」、つまり珍しいものに目を楽しませるの俗語につなげた、言語遊戯の一句である。鏡のように丸く澄んだ見事な月を見ることができ、小春とはいえ本当に新春が来たかのような嬉しさというわけだ。二句目は、切り株の丸さを、まるで満月のようだ、と面白がっている。どちらも、月の見立ての句として、きちんとオチがついている。面白さが、惜しみもなく、さらけ出されているのだ。

芭蕉は、見立てを捨てたわけではない。実際、「何事の見立てにも似ず三日の月」と詠んだあとにも、

まゆはきを俤《おもかげ》にして紅粉《べに》の花　『おくのほそ道』
秋海棠西瓜の色に咲きにけり　『東西夜話』

など、見立ての句を詠んでいる。しかし、見立てという技巧に対する芭蕉の姿勢は、以前と同一ではない。

まずいえるのは、比喩の表現としての精度が高まっているということだ。たとえば「眉掃き」の句は、比喩であることを明示する「直喩」の句であるが、「ごとし」「やうに」などではなく「俤に

して」という比喩表現は、やすやすとは思いつかないだろう。ここでは紅花の花と眉掃きの形状が似ているといっているわけだが、紅も眉もともに艶美な女性を連想させ、「俤にして」とはまさにその一句の雰囲気にかなった比喩表現になっている。

「秋海棠」の句は、作家・永井荷風も愛唱していた句で、「葡萄酒の色にさきけりさくら艸《そう》」というオマージュの句も残されている。なるほど「秋海棠」と「西瓜」の結びつきには意外性がある。しかも、紅葉をトウガラシに譬えたり、時雨を小便に譬えたりと、伝統美の簒奪《さんだつ》を狙った意外性ではない。「秋海棠」も「西瓜」も、ともに大陸からの舶来物であり、薄紅色の色彩も似ているという仄かなつながりを丁寧に掬い取ったという、大胆かつ繊細な比喩である。

芭蕉はその句境の深まりとともに、伝統的に使われてきた安易な見立て、あるいは露骨な面白さを当て込んだ見立てではなく、より個人的な感覚に根ざした精妙な比喩を開拓した――そのことを、まずは指摘することができる。

だが、それだけではない。芭蕉は、俳諧師としての人生のある時点から、見立てを捨てた。より正確に言えば、従来の見立てというテクニカル・タームを、更新したのである。

元禄二（一六八九）年春、のちに紀行文『おくのほそ道』として記述されることになるはるかな東北の地へ旅立つ芭蕉を送るために、門弟たちが深川の地に集まった。彼らに芭蕉が送った留別吟

に、

鮎の子の白魚送る別れ哉　　　　　　　　　『続猿蓑』

がある。春先、隅田川の河口では白魚がよく獲れる。そのあと、鮎の子の季節となる。海で育った鮎の稚魚が、春に川を遡るのだ。「鮎の子」を門弟たちに、「白魚」を芭蕉自身に譬えて、鮎の子が白魚を追うように、ここまで付いてきてくれた門弟たちに別れと礼を告げている。

しかし、この句は『おくのほそ道』にはおさめられなかった。よく知られる通り、門弟たちとの別れに際して詠まれた句として、

行く春や鳥啼き魚の目は泪　　　　　　　　『おくのほそ道』

が掲げられている。この句は、『おくのほそ道』執筆時に作られたものだ。

なぜ、「鮎の子」の句は、差し替えられたのか。芭蕉の言葉が伝えられている。

此句、松嶋旅立の比《ころ》、送りける人に云出侍《いいだしはべ》れども、位あしく仕かへ侍ると、直に聞えし句也。

『蕉翁句集草稿』

「鮎の子」の句は、「位あしく」、つまり句としての位が低いために、「行く春」の句に差し替えら

れたというのだ。

この「鮎の子」の句の弱点とは何であろうか。それは、阿部正美『芭蕉発句全講　Ⅲ』（明治書院、一九九六年）が指摘するように「寓意の露わな点」だろう。この句を仮に『おくのほそ道』の冒頭部に挿入した場合、前後の記述もあって、あきらかに読者は「鮎の子」＝門弟、「白魚」＝芭蕉たちという解釈をするだろう。問題は、それ以外の解釈が成立しないということだ。「鮎の子」と「白魚」は、同じ川を遡るというだけの関係性で、「別れ」「送る」という実感は伴わない。言葉だけが先走っていて、現実らしさがないのである。

ひるがえって、「行く春や鳥啼き魚の目は泪」のほうはどうか。「鳥」や「魚」が、別れを惜しむ門弟たちの寓意であるのは確かなのだが、しかしその解釈に限らなくてもよい。「鳥」は現実的に啼くものであり、水中の「魚」のまなこは水にあふれている。寓意と取らなくても、晩春の「鳥」や「魚」の風情ある姿を、いささかの虚構も交えて描出した、という解釈も成り立つのだ。また、悲嘆している「鳥」や「魚」は、惜春の心そのものの象徴ともいえる。

しかもこの場合、「鳥」は天上、「魚」は水中を代表するものとして、「鳥」「魚」を並べることで「行く春」の天地全体を想像することもできる。つまり、「鳥」「魚」のみならず、この地上のあらゆる生き物が――むろんそこには人間も含まれる――流転してやまない世界の真理に触れて、嘆き悲しんでいるようにも見える。

このように見ていくと、「鮎の子」から「行く春」の句への差し替えは、見立てを捨てた――より正確に言えば、見立てという技法そのものをアップグレードした、そのような改作といえないだろうか。

なぜ芭蕉は、従来の見立ての技法に満足しなかったのだろうか。

芭蕉自身の言葉に、耳を傾けてみたい。

とかく俳諧は万事作りすぎたるは道に叶はず。その形のまま、又は我が心のままを作りたるは能きと存じ候。

「元禄四年宛先不明芭蕉書簡」

芭蕉の弟子には許六や支考といった、論理的な俳論を残している俳人もいたが、芭蕉自身は体系立った俳句論を書き残していない。それも自然なことで、「その形のまま、又は我が心のまま」といわれてしまっては、それ以上に論が深まらない。究極の俳論といってもよい。簡単なようで、これほど難しいことはないだろう。

したがって、本論では、創作の秘密に深く立ち入ることはしない。関心があるのは、解釈のほうだ。「その形のまま、又は我が心のまま」は、読者の側からすると、どう映るのか。

比喩があると、勘所がはっきりする。どこに面白味があるのか、指摘しやすいのだ。文章の場合は、どれほど目覚ましい比喩が書かれていたとしても、読者は比喩だけを見ることはしない。冒頭の村上春樹の「1973年のピンボール」の例でいえば、読者は鱒を夏の山道に譬えた比喩に感心しつつも、鱒を共に食べる男女の物語が知りたくて、すぐにストーリーを追うだろう。俳句は短い。作品のすべてが、視界にすっぽりとおさまってしまう。その短さの中に比喩があると、読み手の目はどうしてもそこにいく。比喩が作品のすべてになってしまう。

露わさを厭《いと》う。意図を隠す。作り手の存在を潜める。これは俳句に限ったことではない。ロシアの映像作家タルコフスキーは、マルクスの芸術論から引用した言葉を借りながら、作り手の意図がプラカードを掲げるように露骨に出ている作品のあり方を批判している。

貧しい唯物論者のマルクスでさえも、芸術において、傾向は、それがソファーのスプリングのように外に出てこないように隠しておかなければならないと語っている。

（鴻英良訳『映像のポエジア』ちくま学芸文庫、二〇二二年）

タルコフスキーの映画の中では、俳句同様、いくつもの自然の表象が、何か隠された意味をもって現れてくる。代表的なのは「水」である。『惑星ソラリス』で、ソラリスの海は人の贖罪の意識の実在化であるというセリフがあるから、水は清めや癒しの象徴といえるだろう。タルコフスキーは『惑星ソラリス』の制作日誌の中で「最小限のものを示すことで、その最小限から残りの部分がどうなのか、全体がどうなっているのか、観客が自分で考えざるをえないようにする」と述べている。製作者は可能な限り表に出てこないで、観客の多様な解釈を促したいというのだ。前掲の『映像のポエジア』の中で、タルコフスキーが、芭蕉の「古池」の句や「雪ちるや穂屋の薄の刈残し」「不精さやかき起されし春の雨」を自身の理想とするイメージの例として挙げているのは、汲めども尽きぬ余白の魅力をそこに認めているからだ。

この言葉になぞらえていえば、初期俳諧の見立ては、ソファから飛び出たスプリングのようなものだ。作者が渡そうとするものが、そのまま読者に手渡される。感動も驚きも、予想の範囲を出ない。文字の定量だけのインパクトにとどまるのであれば、十七音の俳句は、絶対的にほかのジャンルに劣っているといわざるをえない。

「ソファーのスプリング」の譬えが的を射ているのは、それが内部にありながら、常に外部に出たがっているところにある。人間はみな、さかしらを持つ。結果、表現が物欲しげになる。評価を高めようとする。レトリックは作者にとって、美酒のようなものだ。

レトリックの美酒に酔わない人間は、いるのだろうか。芭蕉の弟子であった去来の言葉を、次に引用しよう。

去来曰く「蕉門のほ句は、一字不通の田夫、又は十歳以下の小児も、時に寄りては好句あり。

却而《かえつて》他門の功者といへる人は覚束《おぼつか》なし。他流は、其流の功者ならざれば、其流の好句は成しがたしと見へたり」。

『去来抄』修行教

さかしらのない人間とは、教養を持たない純朴な人間か、あるいは子供である。蕉門は、むしろそういう人々のために開かれている、と去来は言う。「俳諧は三尺の童にさせよ。初心の句こそたのもしけれ」(『三冊子・赤』)という芭蕉の言もあるように、蕉風は子供の心を重んじた。晩年に唱えた「軽み」ということも、無技巧・無作為を、子供ならぬ大人が成すための方途にほかならない。短い俳句においては、見立てという技巧が入るだけで作為的な印象になってしまう。そのために芭蕉は、見立てを警戒し、技法自体の更新を試みたのではないか。

それでは、見立てを使わなければ、「ソファーのスプリング」問題は解決するのだろうか。俳句はそう単純なものではない。また別の問題が生まれる。それは、「ただごと」ということだ(注)。

去来の言葉を、再び引こう。

白雨や戸板おさゆる山の中　　助童

去来曰、黒崎に聞て此に及ぶなし。句体風姿有、語路とゞこほらず。情ねばりなく事あたらし。当時流行のたゞ中也。世上の句おほくはとするゆへにかくこそ有れと、句中にあたり逢《あい》、或は目前をいふとて、ずん切の竹にとまりし燕、のうれんの下くゞる事いへるのみ也。此児此下地有て、能師に学バばいかばかりの作者にかいたらん。第一いまだ心中に理屈なき故也。もしわる功の出来るに及んで、又いかばかりの無理いひにかなられん、おそるべし。

『去来抄』同門評

去来は、里の句会で見た助童（蕉門俳人の推颯の子）という子供の句に感心している。山のまたぎの家だろうか。激しい夕立の雨風によって、粗末な山の家の戸板が外れようとしている。家中のもので、けんめいに押さえ込んでいるというのだ。

すっと胸に入ってくるこの句の清新さに比べて、世の大人たちの作る句を、去来は嘆いている。一つの傾向として、理屈っぽく、達者なところを見せようとして物欲しげになる。そしてもう一つの傾向として、ただ目の前のことを詠んだだけの、ただごとになってしまう。これらを避けるため、良い師についたらさぞかしすぐれた作者になるだろうと言っている。

去来がただごとのつまらない作として例に挙げているのは「ずん切の竹にとまりし燕」「のうれんの下くゞる燕かな」という句である。切った竹を束ねた上に、燕が一羽とまっている。暖簾をくぐって、商家の中にまで燕が入ってくる。両句とも、人家に巣をつくり、人に近い暮らしをしている燕らしいところを捉えている。これらの句には技巧走ったところはないが、無味無臭で取っ掛かりがなく、これはこれで蕉門のめざすところではないということだ。短いがゆえに、作為が目立つ。しかし、作為がないと面白味がなくなってしまうのも、短さゆえなのだ。

芭蕉が晩年に唱えた「軽み」もまた、ただごとに陥りやすい。「軽み」を忠実に実践した弟子のひとりである広瀬惟然の句について批判した、去来の言葉を引こう。

梅の花赤いは赤いはあかいはな　　惟然

去来曰、惟然坊が今の風大かた是等の類《たぐい》なり、是等は句とは見えず、先師遷化の歳の夏、惟然坊が俳諧を導き給ふに、其秀たる口質《くちつき》の処よりすすめて、「磯際にざぶりざぶりと浪うちて」、或は「杉の木にすうすうと風の吹き渡り」などといふを賞し給ふ。又俳諧は気先を以て無分別に作すべしとのたまひ、亦「此後いよいよ風体かろからん」など、のたまひたる事を聞まどひ、我が得手に引かけて自の集の歌仙に侍る、「妻よぶ雉子」「あくるが如く」の雪の句などに、評し給ひける句勢、句姿などといふことの物がたりしどもは、みな忘却せると見えたり。

『去来抄』同門評

惟然の句は、梅の花がとにかく赤いなあ、とありのままの感想を述べたもの。これに対して去来は、発句とは思えない、その資格はない、と手厳しい。惟然は、最晩年の芭蕉に、軽妙な作風を褒められたのを得意になって、句の勢いや句の姿といったものをまったく忘れてしまった、という。技巧を排して、日常的な意識を出ない範囲の言葉を並べたところで、それはやはり技巧を駆使した句と同じくらい、読者を倦《う》ませてしまうのだ。

見立てを駆使した、技巧的な表現。

ありのままを写し取った、無垢な表現。

このどちらに傾いても、俳句は腐る。これは、マクロ的視野（俳句史）、ミクロ的視野（一俳人の個人史）の双方において起こる、俳句のアポリアである。

明治時代の初め、正岡子規が旧派の俳人たちの句を「月並み」と称して否定したのも、技巧と無技巧とのあいだで揺れる振り子が、技巧のほうに行き過ぎたのを、肺病の子規が床の中から懸命に手を伸ばして、押しとどめたのだということができる。

芭蕉はこのアポリアに、どう向き合ったのだろうか。

一家《ひとつや》に遊女も寝たり萩と月　　芭蕉『おくのほそ道』

『おくのほそ道』に書かれている旅と、芭蕉が元禄二（一六八九）年に行った旅とは、まったく次元の異なるものだ。紀行文の中にあらわれてくる、美しい虚構の中の一つが、市振《いちぶり》の遊女と出会うくだりであろう。伊勢参りの遊女一行とたまたま同宿し、芭蕉たちを僧だと勘違いした彼女に同行を頼まれるが、あてどない旅の身ゆえにそれを断ったという、艶《なま》めかしくも儚い、複雑な余韻を残すくだりである。

この句はしばしば、遊女を「萩」に、作者芭蕉自身を「月」に象徴した句と評される。人々の煩悩を晴らす「月」として、「萩」である遊女の先行を照らし出そう、というわけだ。

私たちは芭蕉の句を評するときに、象徴や寓意という言葉を、自然に使っている。芭蕉の時代にはなかったはずのこれらの文学用語を、なぜ私たちは何の疑いもなく芭蕉の句を評するときに使えるのだろうか。

なぜなら、芭蕉の句を評するとき、私たちはおのずから、それを普遍的な文学として見ているからだ。さきほど紹介した貞門俳諧、談林俳諧の句を評するのに、「象徴」や「寓意」といった言葉は使えない。そこで使われているのは、俳諧用語の「見立て」であり、以上でも以下でもない。

芭蕉によって「見立て」がアップグレードされ、もはやそれは「象徴」や「寓意」と同様の意味になった。だからこそ、私たちは芭蕉の句を、ランボーやエリュアールの詩と並べて読むことができる。しかし、さきほど指摘したように、「行く春や鳥啼き魚の目は泪」の「鳥」や「魚」は、仲間たちの寓意であり、彼らが泣き濡れている姿は惜春の心の象徴でもあるが、同時にイメージの構成要素でもある。単純に「象徴」や「寓意」というだけではない根拠で、一句の中に置かれているのだ。芭蕉の句を鑑賞する際に、「象徴」や「寓意」という言葉を使うと、取りこぼしてしまうものがあるはずだ。

「萩と月」の句は確かに象徴性豊かであるが、イメージの魅力も見逃すことはできない。「萩に月」ではなく「萩と月」であることによって、地上の萩から天上の月までのはるかさが思われ、地に伏せるように咲く萩らしいイメージが作られているのである。そのことで、あたかもこれが実景であり、ありのままに作られているかのような錯覚を読者に与えることに成功している。技巧的であることと、無作為的であることを、両立させているのである。

芭蕉は、見立てという技巧をアップグレードさせ、さらに技巧そのものを無化してしまった。そのような作は、芭蕉の人生でも数少ないが、その数句によって、俳句の歴史そのものを変えたのである。

短い詩の中で、技巧をいかに働かせるか。俳人たちを悩ませているアポリアに、イマジズムの詩人たちもまた向き合っていた。イマジズムとは二十世紀初頭にエズラ・パウンドが中心となったムーブメントで、イメージを重視し、短い言葉で大きなインパクトを与える方法が模索され、アメリカ詩に大きな痕跡を残した。

「イマジズムの常套手段を、典型的な形で示している」と比較文学者の川本皓嗣が述べるのは、イギリスの哲学者T・E・ヒュームの残した決して多くはない詩の中のひとつ「ドックの上で」である（川本皓嗣『俳諧の詩学』岩波書店、二〇一九年）。訳は川本による。

しんとした真夜中の船渠《ドック》の上、
高いマストの網にからまれて、月がひっかかっている。
あんなに遠く見えていたのに、何のことはない、
子供が置き忘れていった風船じゃないか。

Above the quiet dock in mid night,
Tangled in the tall mast's corded height,
Hangs the moon. What seemed so far away
Is but a child's balloon, forgotten after play.

興味深いことに、これもまた見立てを用いた詩である。子供が忘れていった風船を、マストにからまって動かない月に見立てている。短い詩の中で、それでも何か「読み応え」を出すために、見立てが有効な技巧であることを、この詩は証立てているだろう。ただマストに風船が引っ掛かっている、というだけでは成立しないのだ。

こころみに、このヒュームの短詩を五七五の俳句にしてみよう。

風船の絡むマストや月の如《ごと》
満月かマストに絡む風船か

あくまで一案であるが、このような句になるだろう。前者が直喩、後者が隠喩である。いずれにせよ、俳句にこの内容を移し替えると、どこか違和感がある。比喩表現の比重が大きく、「スプリング」が飛び出ている印象があるのだ。

ヒュームの詩に影響を受けたエズラ・パウンドの「メトロの駅で（In a Station of the Metro）」は、その意味で意義深い（原成吉訳）。

雑踏のなかに不意に浮かびあがる人びとの顔
濡れた黒い大枝にはりついた花びら

The apparition of these faces in the crowd;
petals on a wet, black bough.

地下鉄のホームは、込み合っているのだ。無数の人々の顔が、ひしめきあっている。地上ではなく、地下のメトロであるために、背景に広がる闇がイメージされ、その中から浮かびあがる顔に不気味な迫力を与えている。

この人工的モチーフから一転、くろぐろとした太い枝が雨に濡れ、そこに幾枚もの花びらがはりついている自然のモチーフに飛躍する。一行目と二行目は何のかかわりもないが、地下鉄の闇のイメージと太く黒い枝のイメージ、密集する人々の顔と無数の花びらのイメージには類似があり、読者は自然とこの二つの行を重ね合わせて鑑賞することになる。イメージの飛躍はあるが、地下鉄のプラットフォームという生活の場が題材となっているので、想像しやすい。

この詩はよく知られているように、室町時代の俳諧師・荒木田守武の「落花枝に帰るとみれば胡蝶かな」にヒントを得ている（「落花枝にかへるとみしは胡蝶かな　武在」が誤って守武作として伝えられたもの。守武も武在も同姓であり同じ伊勢の神官であった）。興味深いのは、守武（武在）の句は典型的な見立ての句であるということだ。はらはらと散っていく花びらの中に、重力に逆らうまさかの動きを見せた一枚があった――なんだ、それは一頭の蝶であった、というわけで、蝶々を花びらに譬えている。守武は俳諧の鼻祖とされる。こうした土壌があって、先に挙げた見立てをアイデンティティとする貞門や談林の初期俳諧が隆盛した。しかし、守武の句から生まれたパウンドの詩は、肝心の見立てを排除している。パウンドが俳句から持ち込んだのは、あくまでイメージの重複だけである。もちろん解釈次第で見立てとも読めるが、「スプリング」が飛び出すようにはこの技巧が使われていない。

比喩というレトリックを使うことなく、短詩を成り立たせる。このアポリアを、パウンドは、一行目と二行目の間にはさみこまれている「；」の記号によって、解決している。この砂粒ほどに小さなセミコロンが、俳句における「切れ」の役割を果たして、二つの関連のないイメージに新たな関連を与えているのだ。このつつましい「；」の記号のみが、作者のはからいであり、みごとに「スプリング」を隠し得ているといえるだろう。

もうひとつ、例に挙げるのは、パウンドの友人でありアメリカでイマジズムを実践したウィリアム・カーロス・ウィリアムズの「赤い手押し車（The Red Wheelbarrow）」（原成吉訳）である。

思わず
見とれる

赤い車輪の
手押し車

雨水でツヤツヤ
光っている

そばには白い鶏たち

so much depends
upon

a red wheel
barrow

gazed with rain
water

beside the white
chickens

手押し車の赤さと鶏の白さが対照的な、色彩感ある短詩だ。雨上がりの輝きに満ちた農家の庭先がありありと目に浮かぶ。写真家や画家と親しく交流していたウィリアムズは、絵画的な作風を持つ。俳句もまた「発句は屏風の画と思ふべし」（各務支考『芭蕉翁二十五箇条』「発句像やうの事」）という蕉門俳人・支考の言葉に表れているように、絵画と類似している。原成吉は、この詩から芭蕉の「明ぼのや白魚白きこと一寸」を想起するといっているが（『アメリカ現代詩入門』勉誠出版、二〇二〇年）、むしろこの詩に近いのは、

蛸壺やはかなき夢を夏の月　『笈の小文』
寒菊や粉糠のかかる臼の端　『炭俵』

といったような、いわゆる「取り合わせ」の句であろう。象徴や寓意ではなくイメージの飛躍で読み応えを作り出している、そしてその題材は、生活感のあるいわゆる「詩的ではない」ものであるという点が、通じている（ウィリアムズの詩では労働に使う「手押し車」、芭蕉の句でもやはり庶民のたつきに使われる「蛸壺」や粉ひきの「臼」が登場する）。ここではパウンドの「；」に替わるものとして、話題が飛躍する箇所に「そばには（beside）」というフレーズが用いられている。これはそれ自体で意味を持つ言葉ではあるが、やはり「切字」に似た働きをなしている。

パウンドやウィリアムズの作品と芭蕉の句とは、イメージの飛躍があることや見慣れた日常の風景を対象としていることなど、共通する点がある。これらは、限られた音数の中で「読み応え」のあるものを作ろうとする詩人が、時代や場所にかかわりなく編み出す普遍性のある方法論といえる。

では、イマジズムの詩と俳句との違いはどこにあるだろう。ひとつは、過去作品との関係である。

俳句で季語を詠みこむことは、その季語が使われた先行文学も取り込むということを意味する。たとえば「秋の暮」という季語を使うときに、作る側も読む側も、当然『新古今集』の三夕の歌を思い出す。広い意味でいえばそれは古典の引用なのであり、季語という特殊な語を前提としないイマジズムとはその点が決定的に異なる。

もうひとつ、俳句に固有であるのは、全体の統一感というべきものである。

短詩型に通じていた詩人・大岡信は、朝日新聞に長期連載された『折々のうた』で、「病雁の夜さむに落て旅ね哉　芭蕉」の句について、次のように鑑賞している。

元禄三年晩秋、近江湖畔の堅田で旅寝した時の作。芭蕉は折悪しく体調も崩していたが、冷たい粗末な寝床に横たわる彼の心の目に、夜空から一羽病気の雁が落下してくる幻が見えたのである。その雁と芭蕉自身が、一瞬二にして一となる、深沈たる夜の光景。『夜さむに落て』が『旅ね哉』へ転じる呼吸は、まさに至芸というほかない。

ここでいう「夜さむに落て」から「旅ね哉」に至る呼吸は、さきほどのパウンドの「；」やウィリアムズの「そばには（beside）」に相当するようでありながら、やはり言葉が緊密である分、俳句のほうが飛躍のインパクトが大きいといえる。夜空を落ちていく雁のイメージから、病床に臥している自分のイメージに転換する内容が急展開ながら、「落て」はあたかも連用形で下の「旅寝」

に掛かるようでもあり、文体と内容のミスマッチが、いっそうのインパクトをもたらしている。まるで「旅寝」しているのは「雁」そのものでもあるような虚構的イメージも混ざりこみ、この句をいっそう謎めいたものにしているのだ。

また大岡は、「ありがたき春暁母の産み力　森澄雄」「春の夢気が違はぬがうらめしい　小西来山」といった句をあげて、「俳句というものが本質とすべき一気呵成の言葉の力をはっきり有していて、これあるがゆえに言葉の短さも乗り越えられている」と述べ、「現代俳句がしゃんとした姿勢を失うことは、警戒する必要があると思う」と、こうした俳句固有の要素が失われつつあることに警鐘を鳴らしている。

大岡にとってポジティブな批評語として使われている「呼吸」「一気呵成の言葉の力」「しゃんとした姿勢」、これらは一見、音韻の問題を言っているようにも映る。もちろん、俳句においても、押韻やリフレインなどのリズムを構成する技巧はしばしば用いられるが、それであれば、小説や自由詩、短歌にもあるはずだ。極小の俳句だからこそ持ち得るものではない。

俳句はよくその特徴として「短さ」を指摘されるが、それは音の面からいうのであって、その真価は「近さ」にこそある。俳句では、言葉と言葉が近い。切れは、この「近さ」を、より際立たせるシステムである。言葉が圧縮されることによって起こる通常ではありえない言葉同士の距離が、複数の意味や情感、イメージを混ぜ合わせ、十七音の定量以上のインパクトを生み出す。それは、「リズムに関して。メトロノームによらないで、音楽の楽句《フレーズ》にしたがって詩を書くこと」（新倉俊一訳「回想」、『エズラ・パウンド詩集』小沢書店、一九九三年）として、定型ではなく自由律を選んだパウンドの詩学とは、相容れないものであった。俳句では、言葉と定型の関係は、メロディーとメトロノームに譬えられるものではなく、一体なのである。

夏草や兵どもが夢の跡　　芭蕉『おくのほそ道』

この句は、「夏草」と「兵」の距離が、きわめて近い。本来、「夏草」は自然界に、「兵」は人間の世に属する言葉であり、近づくはずもなかった言葉同士なのである。それが、十七音の中で、かくも近くに配置されている。夏草に兵を見立てているというような、単純な技巧によるものではないのだ。私たちがこの句に触れるとき、十七音のひとつのかたまりがもたらす確かな圧力がある。言葉の稠密《ちゅうみつ》さゆえに、この一句は、一発の弾丸として読者の心を穿《うが》つのだ。

注『古今集』ですでに言及のある「ただごと歌」について、現代歌人の奥村晃作は短歌の歴史は「比喩の歌」と「ただごと歌」の二極の隆盛と衰退の反復の歴史であると述べている（『ただごと歌の系譜』本阿弥書店、二〇〇六年）。俳句では「軽み」と関連付けられることが多く、近代では高浜虚子の「客観写生」と関連付けられる。単純さに深みがあるというただごと俳句の思想については肯定・否定のどちらの意見もあり、客観写生に異を唱えた水原秋櫻子の「草の芽俳句」は、否定側の代表的な評語である。

失われた技術　――風景描写

古代ローマの詩人ホラティウスの「詩は絵のように」（『詩論』）という言葉は、詩についてのある普遍的真理を言い当てている。遠い東洋の国のある俳人もまた、こういっているのだから。

発句は屏風の画と思ふべし。己が句を作りて、目を閉《とじ》、画に準《なぞ》らへて見るべし。死活おのずからあらはるるものなり。此ゆゑは、俳諧は姿を先にして心を後にするとなり。都《すべ》て、発句とても付句とても、目を閉て眼前に見るべし。

各務支考『芭蕉翁二十五箇条』「発句像やうの事」

芭蕉の弟子であった支考は、発句と絵との近似性を指摘している。芭蕉の「古池」の句を喧伝したのは支考であったが、それはこの句が「姿先情後」、つまりすなわち視覚的イメージが浮かべば情緒はおのずから伝わるという俳句観の典型例であったからだ。

確かに「古池」の句は、絵に置き換えやすい。現代でも、この句を子供に教えるときには、マンガ風のイラストを添えたりもする。池のほとりの蛙が、足をひろげてコミカルにジャンプしているイラストだ。

なぜ蕉門では、「姿」「景」ということが重要視されたのだろう。芭蕉は、不玉という門人の句について、こんな評を残している。

坊主子や天窓うたるゝ初霰　　不玉

近年の作、心情専《もつぱ》らに用ゐる故、句体重々し。左候《さそうら》へば愚句体、多くは景気ばかりを用ゐ候ふ。

『秋の夜評語』

芭蕉によれば、心情を詠むと、句が重くなる。景色であれば、軽やかだ。したがって、このような不玉の句のようにありたいというのだ。

不玉の句は、初霰をうれしがる子供が、わざわざ外に出て頭を打たれているという風景だ。それ以上でも、以下でもない。誰もが日常で見かけるような光景を、何の衒いもなく十七音に仕立てている。そのぶん、読者の方の負担は少ない。背後に隠された意味を読み取ったり、使われている技巧を分析したりしなくてもよい。だから、重々しくなく、軽いのだ。

蕉門の去来は、ありのままの風景を読むところに、蕉風とそれ以外の門流の作風との一番大きな違いがあるという。

他流と蕉門と、第一案じ所に違ひ有りと見ゆ。蕉門は景情ともに其ある所を吟ず。他流は心中に巧まるゝと見へたり。

『去来抄』修行教

風景も心情も、おのずから感じたままを詠むのが蕉風だというのだ。よい句とは何かという基準自体を、蕉風は更新した。現実らしさを感じ取れればそれでよいとする価値基準それ自体が清新で、刺激的なのだ。

「其ある所を吟ず」というのは、技巧を凝らした句を作るよりも、むしろ難しいともいえる。私たちは、私を取り巻く世界のすべてに何らかの意味を与えようとする。大空や山や海、動植物たちといった自然は、人間とは異なる条理と時間のもとに存在しているが、人間はその上に意味を見出そうとする。著名なダンテの『神曲』の冒頭部を引こう。

人生の道の半ばで
正道を踏みはずした私が

目をさました時は暗い森の中にいた。

(平川祐弘訳『神曲　地獄篇』河出文庫、二〇〇八年)

ここで主人公が目覚めた「暗い森」とは、けっして現実的な森ではありえない。それは、人生に迷った主人公の内面の反映なのである。松田隆美の「所有される自然」と題する評論によれば、ヨーロッパ中世文学においては、自然はあくまで人間に帰属されるものであった。

所有対象となる場合、自然は、人間にとって有益な環境へと改変された(あるいは改変可能な)場として提示されるか、あるいは、物理的に手が加えられなくとも、メタファーとして処理されて、人間の内面を表現する修辞学的な道具のひとつとして利用される。

(柴田陽弘編著『自然と文学——環境論の視座から』慶應義塾大学出版会、二〇〇一年)

メタファーとしての自然は、芭蕉においても無縁ではない。前章で触れたように、初期俳諧は「見立て」をその特徴とする。そこに描かれている風景は、純粋な風景とはいいがたい。たとえば守武の「落花枝に帰ると見れば胡蝶かな」は一見、風景的ではあるが、自然に向き合うというよりは、本来散るべき花がさかのぼっているという頓智的発想に拠っている。いかにも作り事めいていて、現実らしさは乏しい。こうした「見立て」をアップグレードしたのちも、芭蕉はメタファーとしての自然を生涯詠み続けた。

あらたふと青葉若葉の日の光　『おくのほそ道』

日光東照宮の輝きを詠んだ句であるが、ここで「日の光」は、青葉越しにさしこんでくる初夏の日差しであるのみならず、日光の地名を掛けつつ、徳川家の威光のメタファーでもあるという、三重の意味を負っている。

この道や行く人なしに秋の暮　『其便』

「所思」と前書についたこの句の「秋の暮」は、ただの秋の夕暮れという時間と現象をあらわすものではあるまい。ダンテの「暗い森」が人生の迷いを表しているのと同じように、この「秋の暮」は、人生の孤独を表している。季語は一見、自然の表象にもみえるが、実はその内実は複雑で、こうしたメタファーとしての要素も多分に抱え込んでいる。

こうした「所有された自然」とは別に、次のような句は、季語を通して四季の風景そのものに純粋に向き合っている。

蜻蛉《とんぼう》やとりつきかねし草の上　『笈日記』

草の葉を落つるより飛ぶ螢かな　『いつを昔』

起きあがる菊ほのかなり水のあと　『続虚栗』

ささやかな動植物の挙動や容態が、じつにこまかく描写されている。

蜻蛉の句は、「とりつきかねし」という描写で、草にとまるかと思えば飛びさっていく蜻蛉の飛び方が、目に浮かぶようだ。蛍の句は、葉の上から落ちたかと思えば飛んでいく姿を動的に切り取り、和歌で魂の象徴とされた蛍の詠み方とは一線を画している。小林秀雄は、母親の亡くなった数日後に実家の門を出たところで大ぶりの初蛍を見かけて「おっかさんという蛍が飛んでいた」と感じたという童話的追憶を書いているが（「感想」、「新潮」昭和三十三年五月号）、これは和歌の伝統に則ったものであり、芭蕉の蛍はこうした意味付けから逃れて軽やかに舞っている。菊の句は、水害の後に再び茎を起こして花を咲かせる菊の強さを描いたもので、再生や復活のメタファーともとれるが、「ほのかなり」に起き上がった菊の弱々しいたたずまいが的確に言い取られていて、やはりその観察眼の鋭さを讃えるべき句といえよう。言葉になんらかの趣向を凝らすことが当然であった時代に、こうしたともすればただごとにうつるような自然界のささいな動静に目を向けたことに驚かされる。

細部の描写は短い俳句においても可能だろうが、より大きな風景を描くことについてはどうだろうか。

小説のように言葉を尽くして、風景の美をその内面とともに描き出すというのは、限られた十七音の器では不可能だ。しかし、俳句特有の叙法があることに、芭蕉は気づいていた。

荒海や佐渡に横たふ天の河
『おくのほそ道』

この句は、その典型だろう。しばしば「宇宙的」とも評され、いわゆる自然描写を超えているともいえるこの句の、正体不明の大きさをもたらしているのは、いったいどのような方法であろうか。まずこの句でいえるのは構成的ということである。荒海は下界、天の川は上空にある。その真ん中に「佐渡」が横たわっているという、「黄金比」と呼びたくなるような配置の的確さである。風景の中から摘出されているのは、「荒海」と「天の川」の二点である。そして、「荒海」については描写を放棄している。より正確に言えば、「荒海」には「荒」という描写の言葉がすでに含みこまれている。凪いだ海ではなくて、荒々しく波打つ海だという情報があるので、それでじゅうぶんだと判断され、「や」の切れ字とともに説明を省略している。もうひとつの「天の川」については、もう少し丁寧に言葉を費やしている。「佐渡に横たふ」ということで、天の川が佐渡島の上にかかっていることや、豊かな重量感をもっていることを言っている。いわゆる描写らしきものは、この「佐渡に横たふ」のみである。風景描写としては不完全であるのだが、二つのものを取り出してきて、一つについては少し丁寧に述べるだけで、読者の頭の中には、雄大な光景が浮かぶのである。

もうひとつ例をあげてみよう。

青柳の泥にしだるる潮干かな　『炭俵』

たとえばこの句で摘出されているのは泥にしだれた青柳と、むきだしになった川底という二点である。「潮干」については、特にその広がりや質感、色などの描写はされていない。細かく書かれているのは、「青柳の泥にしだるる」という部分で、泥の上すれすれにまで垂れてきた春の柳の若葉が描かれている。それだけなのだが、春の川べりのいかにも眠気を誘うようなのどかさが実感されるのである。

より分析的に見れば、「荒海」の句も「青柳」の句も、対比と類比の構造が潜んでいる。「荒海」の句では天と地、そして静かに夜空にかかるものと地表で暴れまわるものという対比がなされている。類比でいえば、天の川も荒海も、ともに水にかかわる言葉であることを指摘できる。「青柳」の句の対比としては、柳の青さと泥の色の対比や、青柳のみずみずしさと川底の泥の汚さの対比を指摘することができるだろう。類比としては、ともに春らしく、また日を受けてまぶしく輝くものであるという点をあげられよう。

構成的であるということは、「作為を感じさせない」ということと一見矛盾するようである。しかしこれらの句は、全体ではひとつの風景として臨場感があるようにまとまっているため、作為を感じさせない作りになっている。「佐渡に横たふ」「泥にしだるる」と、いかにも実景らしい描写が加えられていることが、臨場感にかかわっている。

「佐渡に横たふ」「泥にしだるる」といったように、二つの取り合わされた題材を結びつける言葉は、俳論の用語では「とりはやし」と呼ばれ、これらの句の真価は、この「とりはやし」の見事さにあるといえるだろう。しかも、これらの「とりはやし」の言葉は、近代の「写生」を先取りするかのように、現実的で臨場感がある。

近代俳句において主流な方法として確立した「写生」であるが、対象をあますところなく描き出すことは、はじめから放棄している。実際には、描写の言葉は、一語か二語に限られ、しかも局所的な描写がほとんどである。

遠山に日の当りたる枯野かな　　虚子

虚子のこの高名な写生句は、「日の当りたる」という一語の描写によって支えられている。

近代俳句研究者の青木亮人は、この虚子の句が作られたのと同時代に、

遠山のあり〳〵見ゆる枯野かな　　宝船

という題材のよく似た句があったことを指摘している（『近代俳句の諸相』創風社出版、二〇一八年）。いわゆる旧派に属する俳人のこの句の「あり〳〵見ゆる」は、その点、描写の深度が圧倒的に低い。

いますこし解像度を高めるとすれば、「遠山の雨にけぶれる枯野かな」「遠山に烏向かへる枯野かな」「遠山に日の沈みゆく枯野かな」など、無限の可能性がある中で、遠山と枯野の風景の調和を乱さないような「日の当たりたる」を考えたのが虚子の手柄だ。

芭蕉が「荒海」の句や「青柳」の句で見せた手法、すなわち風景の中から任意の二点を摘出し、そのうち一点について簡潔に描写することで大きな風景を感じさせる方法は、近現代の俳句にも継承されていく。もっともこの方法に意識的だったのは、水原秋櫻子であった。昭和五（一九三〇）年に刊行された第一句集『葛飾』から引こう。

高嶺《たかね》星《ぼし》蚕《こ》飼《がい》の村は寝しづまり　　秋櫻子
金色の仏ぞおはす蕨かな
むさしのの空真青なる落葉かな

「高嶺星」の句においては、天の「高嶺星」と、地上の「蚕飼の村」が対比されている。さらに、きらびやかな星と、もぞもぞと蠢《うごめ》いている蚕との、美醜の対比も隠されている。「金色」のでは、お堂の中の金色の仏と、外に生い茂っている地味な色の蕨とが、好対照をなしている。凜々しく立つ仏像と、くるりとまるまった蕨の新芽とで構成される絵面がユーモラスだ。「むさしの」の句も、色彩感が鮮やかだ。空の青さと、かわいた落ち葉の色がよく映発している。近景には落ち葉が降りしきり、遠景には空がひろがっているという、遠近法も意識されているだろう。これらにおいては、それぞれ「寝しづまり」「金色」「真青なる」が「とりはやし」の言葉にあたり、取り合わされる題材の一方についての描写となっている。

遠近や上下の関係、美醜や色彩のコントラストで題材を決めつつ、そのどちらかについての短い描写を加えることで、広範な風景を示す。これは短い俳句においても読み手に広がりのある風景を実感させるための方法として、受け継がれてきた。

コントラストを作り出すこと、そして細部の描写をすることが風景に現実感を与える基本的な方法であると指摘したが、こうした手法の元祖ともいえる芭蕉の風景句は、じつは明確な分析をどこか拒むようなところがある。

船足も休む時あり浜の桃　『船庫集』

遠くをよぎる船が、その遠さゆえに止まってみえることもあるという。「浜の桃」、すなわち浜辺の桃の花と遠近の対比があきらかだ。しかし、その対比は、秋櫻子の句ほどに際立ってはいない。「船足も」「時あり」といった、あいまいな言い方で、船の姿がその輪郭まではっきりとは描かれていない。また、「浜の桃」という表現も、本来であれば「船足も休む時あり」でこの句が海辺の景であることはわかるので、「浜」は不要なはずである。「古池や蛙飛びこむ水の音」についても「古池や」とあるので「水」は不要とする指摘があるが、それはこの「浜の桃」の句にもあてはまる。こうしたイメージの曖昧化や、言葉の無駄遣いは、極小の文芸である俳句においては非合理的ではあるが、のびやかな言葉遣いが十七音とは思えない時空の広がりを感じさせていることも確かである。時代とともに創作方法がより洗練され、受け取り手の読解力も鍛えられていくことで、かえって始原的な表現が新鮮に映るという、芸術史にしばしばおこる現象が、ここにもみられるのだ。

どんみりとあふちや雨の花ぐもり　『芭蕉翁行状記』

この句は雨の中の梅檀《せんだん》（おうち）の花がどんよりとみえるという情景であるが、仮に「どんみりとあふちの花や雨ぐもり」とすれば、曇り空と地上の梅檀の花の対照がよりくっきりとしてくる。しかし、芭蕉はそうした露骨な対比は狙わない。「どんみりと」は「あふち」にも「雨」にもかかる構造ゆえに、「あふち」と「雨」とが天と地という距離を超えて、ともに暗さに包まれていることとなり、情景の暗鬱さがより深まっている。

水原秋櫻子の「むさしのの空真青なる落葉かな」では、落葉が近景にあり、その遠景として青空が見えるという、線遠近法が明確な作品であった。もちろん、絵筆を用いる絵画と言語を使う俳句は、その次元を異にする芸術であるが、秋櫻子の句は絵画に置き換えやすい。これに対して、芭蕉の「どんみりとあふちや雨の花ぐもり」は、絵画に置き換えようとすると、失われてしまう妙味があまりに大きい。「どんみり」が「あふち」にも空模様にも掛けられていたり、「花ぐもり」という本来は桜に使う言葉がおうちの花にあてはめられていたりといった、言葉としての技巧も凝らされているためだ。「絵」と「言葉」の見事な調和を、ここに見ることができる。

三日月に地は朧なり蕎麦の花　『浮世の北』

この句は「三日月」が天上、「地は朧なり蕎麦の花」が地上のできごとを描いているが、やはり「蕎麦の花」が地上にあるのは当たり前にもかかわらず、略するべき「地」という言葉が入っている。「三日月に咲くや朧の蕎麦の花」とでもすれば、無駄な言葉はなくなり、よりコントラストは明確になるのだが、やはり「あそび」の部分があるがゆえに、この句は茫漠とした広がりを持つ。白い蕎麦の花が集まり、月の光に照らされることでまるで朧がかかったように見えるという風景を幻想的に見せている。

暑き日を海に入れたり最上川　『おくのほそ道』

高名な「五月雨を集めて早し最上川」は上流で詠まれ、この句は下流で詠まれている。ともに、『おくのほそ道』の名吟といってよい。酒田の海に流れ込む水流とともに、いったい何が「入れ」られているのか。日本語の「日」が、一日という時間と、太陽という物体の、両方の意味を持つがゆえに、従来俳人や研究者に解釈を惑わせてきた句である。この句を絵画にしようとする場合、沈む夕日を描くばかりではじゅうぶんではないのであり、つまりこの句は映像化が不可能ということになる。真っ赤な夕日とともに、まるで今日一日の暑かった日中の時間そのものが海に流れ込んでいくということで、時間と空間をまるごと飲み込むような最上川の雄大さが表現されている。ここでもやはり、詩的言語と絵画表現の理想的合一をまのあたりにするのである。

海が夕日を呑み込んでいく、という情景については、フランスの詩人ランボーの「地獄の季節」の中に、忘れがたいフレーズがある。

また見つかったよ！
何がさ？　永遠。
太陽に
とろける海さ。

（鈴村和成訳『ランボー詩集』思潮社、一九九八年）

海に沈む夕日に、ランボーは「永遠」を見た。沈んではまたのぼる太陽は、たしかに果てしない時間の流れを思わせる。ここに描かれている景観そのものは芭蕉の句とよく似ているが、そのぶん、ランボーの「永遠」が、必要だったのかどうかを吟味したくなる。芭蕉の「暑き日」の句にも、「永遠」が確かに――それも、その言葉を使わずに――書きこまれているからだ芭蕉の句にはしばしばこのような、コントラストの不鮮明さや、情報の非効率さ、映像化のしづらさを見て取ることができる。とくに、近現代のより洗練された句と比べるとそれがあきらかだ。それは、たとえばエジソンが発明したときのフィラメントの電球よりも、現代のＬＥＤライトのほうがはるかに明るくエネルギー効率がよいというような、明らかな発展・進化ととらえてよいだろうか。逆に、芭蕉のいくつかの句には、いまは失われてしまった風景の描き方が、「ロスト・テクノロジー」として隠されていて、現代の俳人はもちろん、言語芸術にかかわるものすべてが参照できる普遍性を持ち得ているといえるのではないか。

芭蕉は越境の詩人である。俳句が絵に近いことは確かだが、視覚的表現にこだわらない。視覚と聴覚、視覚と嗅覚、視覚と触覚……本来は別々の感覚を、またぎこえる。そればかりか、さきほどの「暑き日」の句に見られるように、時間と空間の境界も超えてしまう。

菊の香やならには古き仏たち　『笈日記』

「菊」と仏像の風景は絵にしやすいといえるが、この句は「香」が詠まれていることに注目する必要がある。仮に「菊咲くや」や「菊白し」などとすれば、より視覚的に訴える表現になったはずだが、ここで「香」を出したことで、複合的な感覚の句になり、古仏たちの鎮座する堂宇に満ちる香木の香りまで思わせる。

古池や蛙飛びこむ水の音　『蛙合』

よく知られたこの句においても「蛙飛びこむ」は視覚的な像を呼び起こすが、「水の音」にいたって聴覚的表現が出てくるために、春の水辺の臨場感が出てくるのである。写真にかわって映画が、映画にかわってヴァーチャルリアリティが登場してきたように、仮想現実はより現実に近い形に進化してきた。俳句はすでに創成期から、ヴァーチャルリアリティの特徴を取り入れてきたといえるのだ。

感覚の饗宴ともいえるこうした句の極致として、複数の感覚が溶け合った句を拾うこともできる。

海暮れて鴨の声ほのかに白し　『野ざらし紀行』

日暮れの海辺の鴨の声が、「白し」とあらわされている。耳でとらえるはずの「鴨の声」を、目でとらえて「白し」と表している、いわゆる共感覚的な表現である。この句についてオクタビオ・パスは「ここでは、視覚的なイメージが大きく広がっている。白いものが、暗い海を背景に、ぼんやりと輝いている。しかし、それは鳥の羽ではなく、波頭でもなく、不思議なことに詩人にとっては白く思えた鳥の鳴き声であった」と鑑賞している（太田靖子「オクタビオ・パスの詩における俳句の影響」、「HISPANICA/HISPÁNICA 38」一九九四年発行）。パスのいうように、ここでは「白し」は鳥の羽や、波がしらの白さを表し、付け加えるならば、日暮れの浜辺の茫洋とした印象までも表している。越境者である芭蕉の導きにより、読者もまた、規制の分類や枠組みにとらわれることなく、越境者となりうる。人間社会の通念を超えた、自然の神秘を生《き》のままに味わうことができるのである。

なぜ芭蕉はこのように越境者となりえたのか。

美術史家のパノフスキーは、十五世紀にイタリアルネッサンスによって成立した線遠近法を、世界を秩序あるものとみようとする、人間中心的な世界像の象徴であると捉えた（木田元監訳、川戸れい子・上村清雄訳『〈象徴形式〉としての遠近法』ちくま学芸文庫、二〇〇九年）。芭蕉の風景の作り方は、単純な遠近法によらないことはさきほど指摘したところであるが、遠近法にこだわらないということは、一句の風景を見ている人間主体にこだわらないということでもある。

冬の日や馬上に氷る影法師　『笈の小文』

これはその典型的な句で、地上に落ちた自分の影を見下ろしているのか、馬上で凍りつくような寒さに耐えているみずからを「影法師」と見ているのか、解釈が定まらない。馬に乗っているのが自分なのか、それとも、それを遠くから見ているのが自分なのか。禅問答のような厄介さだが、この句は四度の推敲を経ながらもさらりと出来上がっている。この句を受け入れてしまうことができるのは、私たち受け手もまた、句を読む際に、その主体をさほど意識しないことの証拠といえるだろう。

田一枚植ゑて立ち去る柳かな　　『おくのほそ道』

芦野の遊行柳で詠まれたこの句については「植ゑて」と「立ち去る」の主語がいったい誰であるのか、論議を呼んできた。田を植えたのは、芭蕉なのか、それとも早乙女なのか。通常で考えれば早乙女だろうが、芭蕉が早乙女になり代わり、植えたような気分になっているとも読める。「植ゑて」と「立ち去る」の主語は同じなのか、違うのか。能の世界に入り込み、「柳」の精を幻視した句という解釈もある。

そもそも、主語を決める必要はないのだ。田を植えているのは、芭蕉でもあり、早乙女でもあり、あるいは超越的な存在かもしれない。主語を決めない限り、私たちはこの句を絵画として見ることはできない。それはひるがえっていえば、この句には絵画にはけっして置き換えのきかない魅力があるということだ。風景の中にあるとき、眺めている対象と、自分とが、不可分のように思われる体験がある。自分という人間の輪郭が消えて、風に吹き散らされたり、あるいは大空に溶け込んだりといった錯覚を覚えることがある。見る主体を定め、線遠近法をベースとする近代の写生句では、こうした体験や実感を描きとることは困難だ。

ここで、冒頭にあげた芭蕉の言葉をもう一度思い出してみたい。

左候へば愚句体、多くは景気ばかりを用ゐ候ふ。

「景」というたった一語の孕むものの、いかに豊かであるかを、芭蕉はその句で証明してみせた。風景を詠むとは、単純に見たものを言葉に置き換えるということではない。混沌とした世界そのものに向き合うことなのだ。

芭蕉の句においては、近代的主体が成立しない。しかし、主体自体が存在しないわけではない。ときに、強烈な印象を与える主体が、芭蕉の句に呼び起こされることもある。

芭蕉の句に呼びかけ表現が多いことは、堀切実の指摘がある（『表現としての俳諧――芭蕉・蕪村』岩波現代文庫、二〇〇二年）。呼びかけ表現は、おのずから一句の主体を呼び寄せる。たとえば、

かたつぶり角ふりわけよ須磨明石　『猿蓑』

という句においては、「かたつぶり」に向かって「角ふりわけよ」と命じている主体を、読者は思わざるを得ない。仮に命令形を用いず「かたつぶり角ふりわけて須磨明石」としてみると、大きな違いがあることに気づくだろう。

現代俳句を代表する俳人・飯田龍太には、

かたつむり甲斐も信濃も雨の中　　龍太

という句があり、小さなかたつむりを大きな景色の中でとらえた趣向は共通している。しかし、龍太の句における素朴な「一句の主体＝作者」という図式は、芭蕉の句には成り立たない。ここで呼び出されているのは、あくまで架空の主体、すなわち「須磨」「明石」という歴史的な地を、ともあろうにかたつむりという矮小な生き物に教えてもらおうとしている、奇矯な人物像である。それが「芭蕉」という虚構の署名の後ろ支えもあって、一個の風狂人の主体を形成する。芭蕉は十七音をのみ作ったのではない。十七音の向こう側にいる主体そのものも作り出したのだ。

ある特定の虚構的主体を作り出すことは、芭蕉の句の自在なパースペクティブを妨げただろうか。答えは否だ。風狂人とは、秩序ある人間の世界を抜け出して、混沌たる自然の世界に踏み込む者のことだ。虚構的主体を設定することもまた、句における自由自在な越境を実現させる方法の一つなのである。

芭蕉の句における自然描写の豊饒さに触れてきた。それでは、芭蕉の散文はどうであろう。結論からいえば、芭蕉の残した日常雑記や紀行文の中に、現代人にもいきいきと感じられる自然描写はほとんど見出せない。柄谷行人が、柳田國男の言葉を借りて言うように、「『奥の細道』には「描写」は一行もない」（『風景の発見』、『日本近代文学の起源』講談社文芸文庫、一九八八年）。

たとえば、けわしい参道をのぼって立石寺に参拝したときのことを、芭蕉の筆は以下のように記す。

岩に巌を重ねて山とし、松柏年ふり、土石老いて苔なめらかに、岩上の院々扉を閉ぢて、物の音聞こえず。

岸をめぐり、岩を這ひて、仏閣を拝し、佳景寂莫として心澄みゆくのみおぼゆ。

『おくのほそ道』

一見するとこれは風景描写のようであるが、現代の私たちにとって絵のように風景が浮かんでくるわけではない。ここにあるのは時間の厚みへの賛嘆であり、むしろこの地を訪れた『おくのほそ道』の主人公たる「余」の、感動に打ち震える内面なのであった。

このときから三百年が経過して、現代の俳人・小澤實が、同じ山寺を訪れたときの紀行文と比べると、その違いがあきらかだろう。

山門から石段を上りはじめる。看板には「石段をひとつ上ると、煩悩がひとつ消える」と書かれている。たしかに上っていくうちに、気が晴れる。高齢の方々の団体の列の中に入って、上っていく。上からは、揃いのジャージを着た中学生たちが勢いよく石段を下りてくる。全員が「こんにちは」と明るく声をかけてくれる。「遠足ですか」と聞いてみると「いいえ、研修です、宮城県から来ました」とのことだった。

（小澤實『芭蕉の風景　下』ウェッジ、二〇二一年）

「石段をひとつ上ると、煩悩がひとつ消える」の看板は、寺がたてたのだろうか。小澤はそのとおりと感心しているようだが、私にはもっともらしくてかえって興がそがれるように思われる。是非はともあれ、こういう小さな事実が、山寺の雰囲気を伝えるのに一役買っているのだ。「高齢の方々の団体の列の中に入って」というが、実際にこういうところを訪れるのは、なるほど「高齢」の人たちが多いのだろう。中学生たちの学校の研修先に立石寺が選ばれているというのもそれらしいし、彼らが「ジャージ」姿であるというのも現実感がある。想像ではなかなか埋めがたい体験が書かれている。こうしてみると、私たちが風景描写から生々しさを覚えるときは、読み手にとって意外な展開があるからだと気づく。芭蕉の文章は、驚きを伝えようとする意図には乏しい。驚きは、むしろ句のほうに託されている。この山寺の場合には、

閑さや岩にしみいる蟬の声

といったときの、蟬が聞こえてくるというのに「閑さ」を感じるというのは、芭蕉にとって意外な

ことだったのだ。

美術研究家の山梨俊夫が芭蕉の紀行文について、「芭蕉の実見した自然の光景を描写するところはそれほど多くはない。体験的な実感は句のほうに生かされていると言うべきか」（『風景画考――世界への交感と侵犯　1　世界を覆う肉眼』ブリュッケ、二〇一六年）と評しているように、散文よりは俳句作品における風景描写のほうが今日の私たちには刺激的であることはまちがいない。私たち現代人が直面している現実の混沌や、わりきれなさを、芭蕉の散文に求めるのは、筋違いというべきだろう。芭蕉の散文は、むしろ漢詩文を模した高揚感あるリズムや、古今の文芸作品からの引用の多彩さを楽しむべきなのだ。

言葉を自由に使える散文においては描写が乏しく、言葉に制約のある俳句においてむしろいきいきとした描写があることは、興味深い。おそらくそれは、描写するということそのものの意味合いが、文章と俳句では違うということだ。正確に言えば、俳句の描写は、俳句の内部にあるのではなく、外部にある。読者の心の中に作者の意図する景色が浮かぶということが、俳句における描写ということなのだ。

芭蕉の散文に自然描写は欠如していることを述べたが、芭蕉の自然についての考え方が、あきらかに書かれている点は看過できない。

「幻住庵記」はとくに興味深い一文だ。元禄三（一六九〇）年、みちのくの旅を終えた芭蕉は、晩春から初夏までの四か月ほどを、弟子の提供してくれた膳所《ぜぜ》の山中の庵で過ごした。その日々の中で、庵の周囲を逍遥した際の見聞や、人生の省察が綴られている。

　さすがに春の名残も遠からず、つつじ咲き残り、山藤松にかかりて、時鳥《ほととぎす》しばしば過ぐるほど、宿かし鳥のたよりさへあるを、木啄《きつつき》のつつくともいとはじなど、そぞろに興じて、魂、呉・楚東南に走り、身は瀟湘・洞庭に立つ。

つつじは咲き残り、山藤は松の枝にかかり、ホトトギスがひっきりなしに鳴き過ぎる。珍しいカケスの声が聞こえるここで、啄木鳥に庵の柱をつつかれてもかまわないというのだ。小動物や山の花々との触れ合いが、芭蕉にとって大きな喜びであったことがわかる。

世捨て人と自然との関係に、親愛や友情めいたものが宿るのは、当の東西を問わない。同じように、小動物や花々との良き関係を築いた世捨て人が、かつてのアメリカにもいた。

　五月の初めには、マツの森に生えるオーク、ヒッコリー、それにカエデなどの木々が新芽を開き、景観の中でそれらの木々が点々ときらびやかに明るく見えました。（中略）私は五月の三日か四日にウォールデン池でアビを目にし、七日までにはホイッパーウィルヨタカ、チャイロツグミ、ビーリーチャイロツグミ、モリタイランチョウ、それにトウヒチョウなどのさえずりを聞きました。それに、モリツグミのさえずりは、もっと前から耳にしていました。タイランチョウもすでに帰っていて、私の家に飛んでくると、戸や窓の前で翼をぶんぶんいわせ、ぎゅっと曲げた足の指爪で空気を摑《つか》むかのようにして空中に体を浮かしました。そして、家の中が洞穴の形かどうか見極めようとしました。

（ヘンリー・D・ソロー著、今泉吉晴訳『ウォールデン　森の生活』小学館文庫、二〇一六年）

芭蕉と同じく、自宅への野鳥の訪問を心から喜んでいるのは、アメリカの詩人ヘンリー・D・ソローである。工業化著しいマサチューセッツ州にあって、ソローは郊外のウォールデン池のほとりにロッジを建て、二年二か月を森と動物たちとともに過ごした。彼はみずから「世捨て人」と名乗り、鳥や獣や花々と友情関係を結んだ。ナチュラリストの先駆けともいわれる彼の生活は、自然が友人であり、人間との交流はたまに訪ねて来る旅人や、地元の人々に限っているところも共通している。

しかし、「私は独り居が寂しいと感じたことはなく、ほとんど孤独感にさいなまれもしませんでした」と語るソローと異なり、芭蕉はやはり「かく言へばとて、ひたぶるに閑寂を好み、山野に跡を隠さむとにはあらず」と、そうした自分の境遇を必ずしも肯定していない。

つらつら年月の移り来し拙き身の料《とが》を思ふに、ある時は任官懸命の地をうらやみ、一たびは仏離祖室の扉《とぼそ》に入らむとせしも、たどりなき風雲に身をせめ、花鳥に情を労じて、しばらく生涯のはかりごとさへなれば、つひに無能無才にしてこの一筋につながる。

社会の中におさまることができないで、花鳥風月に遊ぶ俳諧師になった人生を、芭蕉は複雑な思いでかえりみている。自然はあくまで自然であり、ソローのように「友人」とみなすことはできない。この葛藤が、芭蕉が芭蕉である所以なのだ。

「幻住庵記」の末尾には次の一句が置かれている。

まづ頼む椎の木もあり夏木立

この句は「幻住庵記」の本文と関連付けて解するべきであり、「椎の木」は、メタファーとしての意味を帯びているとみなされる。「頼む」という動詞を置いたとたん、おのずから力関係の勾配が生じる。友人同士のような、水平の関係ではない。ここでは、あくまで「椎の木」が上で、自分自身は下だ。

民俗学者の野本寛一によれば、巨樹の作り出す快い暗さや静かさは、古代より特別の意識をひとびとにもたらしてきたという。

神の森は、触覚・視覚・聴覚を通じて、そこに参入する人びとを俗界とは異なる神の世界に導いてくれる。人は森の中で神に祈り、神の声を聞く。そして、おのれの心身に付着した俗人と汚濁を洗い去り、新たな自己を発見し、生まれ変わって森を出る。神の森は、明らかに人を蘇生させる場であり、「再生装置」である。

（野本寛一『共生のフォークロア』青土社、一九九四年）

芭蕉もまた、絶対的な安心感をもたらす「椎の木」のもとで、落伍者としての自分の人生を総括して、風雅の徒として再生しようとする。そうした「神の森」を、神域ではなく、世捨て人としての自らの暮らしの中に見出したところに、俳諧師の面目躍如がある。

自然をありのままに受け止めようとする芭蕉は、人間とは異なる時間、異なる条理のもとに自然が生きていることを知っていた。芭蕉にとって自然は、崇敬や畏怖の対象であって、友人同士のような気やすい態度ではない。

自然に圧倒される芭蕉の姿は、次の句にもあきらかだ。

山も庭に動き入るるや夏座敷　「曾良書留」

山はあくまで借景のはずである。人間の生活の中に、山の風景を閉じ込めようとする目論見に、しかし山そのものは従わない。まるで庭の中に侵入してくるようだという「山」は、人間の制御を超えている。超えているからこそ、涼しく、心地よい。ハルオ・シラネは、貴族文化が作り出した、和歌や絵画、庭園などにおける優雅な形での自然の再現を「二次的自然」と呼んだが（北村結花訳『四季の創造／日本文化と自然観の系譜』角川選書、二〇二〇年）、この句では自然そのものである「山」が二次的自然である「庭」を侵犯している構図が刺激的だ。あたかも、作られた「庭」に対して、われこそが本物の自然だと「山」が名告りをあげているようだ。人間を超えた時間や条理に触れ得たとき、当惑よりもむしろ快感を覚える者を、俳人と呼ぶのだ。

岩明均のホラー漫画『寄生獣』（講談社）は、社会の外側からやってきた生物と、ごく普通の青年との共存関係がテーマだ。寄生生物は人間の世界の外部から来た存在でありながら、人間にとりつかなければ生きていけないため、人の言葉を使い、対話する。彼らは物言わぬ自然の代弁者なのである。右手に寄生した「ミギー」は、宿主の青年に「シンイチ……きみは地球を美しいと思うかい？」と聞いた後で、こう述べる。

わたしは恥ずかしげもなく「地球のために」という人間がきらいだ……なぜなら地球ははじめから泣きも笑いもしないからな。

「泣きも笑いもしない地球」とは身もふたもないが、人間の社会の埒外にある存在にとっては、人間が自然に感情移入したり、意味付けすることそのものが理解できない。芭蕉もまた、社会の埒外にある風狂人の立場から、絶対的に人間には理解の及ばない自然の深淵をのぞきこみ、あるいは頭《こうべ》を垂れ、あるいは畏れた。

これだけ文明の進んだ現代においても、自然をコントロールすることなど到底不可能だ。特に私たち日本人は、巨大な地震と津波が、人間の科学文明の粋を集めた原子力発電所をあっけなく破壊するさまを、まのあたりにしてしまった。与えると同時に、私たちから奪うことをする自然はしかし、私たちの「友人」でもなく、かといって「敵」でもないことを、芭蕉が十七音に凝縮した自然は示している。擬人化された自然ではなく、自然そのものがその句にはあり、人間の力など及ばない混沌とした宇宙の中に私たちが浮かんでいることの寂しさと昂奮に浸ることができるのである。

世界の不思議に目をみはる ——理屈を超えて

正岡子規が、夏目漱石の俳句を添削した書簡が残っている。

漱石（このときは金之助）は、英語教諭として松山の中学に勤務しながら、文学に飢えていた。信頼できる文学の友人であった子規に向けて手紙を書いて、自作の俳句へのコメントを求めている。明治二十八年十一月三日の書簡では、秋に松山郊外の滝を見物に行ったときの一泊旅行で作った俳句がずらりと並べられている。その中に、

花芒《はなすすき》小便すれば馬逸す

という句があり、子規は「小便ノために馬を逃がしたるハ理屈ありてよからず」と朱色で短評を加えている。

芒原の中を通る道で、馬方がふいに小用を催す。木があれば、そこに馬を括《くく》りつけておけるのだが、見渡せば芒ばかりで、たよりになる樹木は見当たらない。少しの間だからかまわないだろうと、馬子は馬をほっぽりだして立小便にいそしむのだが、その間に馬はまんまと逃げてしまった、とい

うのだ。

滝見の旅での漱石の実見か、想像力の産物かはわからないが、俳味もたっぷりで悪くない句にもみえる。しかし子規はこの句の「理屈」を批判した。

机からコップを落としたから、割れた。

風下に向けて紙飛行機を投げたら、はるかまで飛んで行った。

立小便の間、手を離したから、馬が逃げてしまった。

どれも、理が通っている。根拠がある。原因と結果があって、それがうまく整合しているのだ。

こうした理が通ったストーリーは、人を安心させる。子規の添削も、一般の人にとっては、なぜ「よからず」なのか、分からないに違いない。

俳句においては、こうした論理的な筋道が通っていないことが多い。

梅白し昨日や鶴を盗まれし　　芭蕉『野ざらし紀行』

たとえばこの句を、まずは十七音の情報に限って、読んでみたい。

白い梅が咲いている。そこから、話は「昨日」にさかのぼる。昨日何があったのか。鶴を盗まれたという。それで、読者の中には、物語が完成する。昨日、鶴が盗まれ、今日、白い梅が咲いた。

昨日、熱が出て、今日、医者に行った。昨日、仕事でミスをして、今日、そのぶんを取り戻した。

こうした、理の通った物語ではない。話の道筋が立たないのだ。

スコットランドの哲学者デイヴィッド・ヒュームは、時間的・空間的に接近していることがらを、人間は因果関係として結びつけようとする習慣があると述べている（木曾好能訳『人間本性論　第1巻』法政大学出版局、二〇一一年）。芭蕉の句についていえば、「梅」と「鶴」が時間的・空間的に接近しているがゆえに、このふたつを因果関係で結びつけようとする意識が働くのである。

ところが、昨日、鶴を盗まれたことと、今日、白い梅が咲いたこととは、本来、何の因果関係もない。それでも、私たちは、なんとかこの二つを原因・結果として結びつけようとする。

そのあげく、ある者は、何の因果関係も導き出せないことに、苛立ち、あるいは失望し、この句から離れようとするだろう。

また別の者は、古今のあらゆる書物をひっくり返して、なんとか因果関係を見つけようとするだろう。

実は、この句における「梅」と「鶴」の結びつきには、必然がある。この句についての先学の解釈を紐解いてみよう。

三井秋風（六衛門時治、富豪）を京都西郊鳴瀧の別邸に訪ねた折の挨拶吟。秋風を、ただ梅と鶴を愛して西湖の孤山に隠れ住んだ中国宋の林和靖《りんなせい》にたぐえ、鶴がいるはずだが見当たらないのは、昨日盗まれでもしたのでしょうか、と興じたのである。

（乾裕幸『芭蕉歳時記』富士見書房、一九九一年）

つまり、この句には下敷きがあり、それを踏まえてみれば、たいへんわかりやすい句なのである。隠逸《いんいつ》の詩人・林和靖を秋風になぞらえて、その住まいには「梅」も「鶴」もいるはずなのに、「梅」だけがあって「鶴」はいない、これは「鶴」は前日に盗まれたにちがいない——そんなふうに、理屈の通った句なのである。

しかし、こうした背景をたとえ知らなくても、あるいは知ったうえでも、もっと自由な鑑賞が許されてもよいのではないだろうか。つまり、秋風の存在や、林和靖の面影などを引っ張り出してくると、どうしても「理屈」が勝ってくる。「理屈」を退けて、「鶴」と「梅」の結びつきを、あくまで直感的に詠みとってみてもよい。

乾の鑑賞の中では「白し」の効果について書かれていないが、この句の肝はまさにこの「梅白し」と、その白さが強調されていることにある。まっしろな梅のイメージは、おのずと「鶴」の白さを思わせる。「梅」の清雅が、「鶴」の高貴に受け継がれていくという展開も味わい深い。

結果、不在の「鶴」が、白い「梅」に姿を変えたような、あやしくも美しい世界が、ここに顕現している。「理屈」によってこの句を詠んでしまうと、そこを見失うことにもなりかねない。

「理屈」は、あくまで人間が考え出したものにすぎない。

机からコップを落としても、割れないこともある。偶然にも、落下の衝撃が分散されて、あるいは、床の素材が衝撃を吸収して、割れないということもある。

この風に乗ると思って投げた紙飛行機が、意外にも失速することもあるだろう。自然現象ばかりではない。目覚めた朝に抱いていた人類愛が、特段のきっかけもなく呪詛に変わり、就寝の時限をむかえることもしばしばである。自然や、その一部である人間の心理とは、「理屈」どおりにすすむものではない。ポール・ヴァレリーの詩句を、堀辰雄が訳して小説に引用したことで知られる、

風立ちぬ、いざ生きめやも

は、俳句と同様、短い詩句として愛されている。よく考えてみると、風が吹いたら、なぜ生きようとしなくてはならないと考えるのか、理屈は通っていない。でも、頬に感じた風が、不思議と気持ちを奮い立たせてくれることがある。「理屈」によって、万象を説明できるわけではない。「理屈」を超えた世界に触れることができることこそが、詩の魅力ではないのだろうか。

論理を超えた結びつきを可能にしているのは、俳句の短さだ。短いがゆえに、言葉と言葉の距離が近い。このことが、小説や評論やニュース記事を読んでいるときとは違う読書体験をもたらす。英文学者の外山滋比古は、文法規則よりも近接関係にあることが優先される「牽引」という現象

に着想を得て、映画のフィルムのあるコマとコマとを続けて見せられると観客は連続性を感じるという錯覚が、言葉においても起こると指摘し、これを修辞的残像と名付けた(「修辞的残像覚え書」、『修辞的残像』みすず書房、一九六八年所収)。そして、「修辞的残像」がもっとも活用されているのは、俳句であると外山は指摘する。

「梅白し」を目にしたときに、読者の中に浮かんだイメージは、「鶴」を読んだときにもなお、残っているのだ。その結果、白梅と鶴が、心の中でもつれあう。今まで見たことのない、異様で魅力的な「白」が、脳裏に展開する。「修辞的残像」である。これは、ヒュームの指摘したような、近接することがらを因果で結びつけようとする人間の無意識の働きを利用しつつ、因果律に縛られることのない自由なイメージの世界を創出するものといえるだろう。外山はあくまで「修辞的残像」を読者の立場から捉えているが、芭蕉のようなしたたかな俳人は、これを作者として意図的に仕掛けている。

「修辞的残像」を見て取れるのは、色彩の句に限ったことではない。

ほろほろと山吹散るか滝の音　『笈の小文』

この句も、一見すると因果関係の句と取られそうだ。実際、そのような解釈もある。ただ、岸辺の山吹が散っているのは、滝の音の激しさゆえ、と解してしまうと、わかりやすいが、そのぶんスケールが小さくなってしまう。「ほろほろ」は「山吹」にもかかり、また「滝の音」にもかかってくる。そして「山吹」の散る花びらのイメージは、「滝」のしぶきにも影響を及ぼす。轟く瀑布が、スローモーションでほろほろと落ちてくるかのような刹那の幻覚に、魅了される。散文とは異なる、言葉と言葉の複雑な絡み合いがあるからこそ、使えるのは十七音のみという短さにもかかわらず、名句秀句には読み応えがあるのだ。漂流者が、数少ない自前の道具をさまざまに活用して生き抜くように、俳人は、限定された言葉を重層的に用いて最大限のインパクトのある句を作ろうとする。

俳句の短さは、すべての言葉が一瞬のうちに認識されることを可能にする。この動詞の主体は、どの名詞なのか。この副詞は、どの動詞にかかっているのか。この形容詞は、どの名詞を修飾しているのか。一般的な文章を読むときには、気にせざるを得ないことが、俳句においては、それほど気にならない。噛んで含めるように相手に伝えるには、不向きなジャンルである。

俳句は原則として、物語として読むべきではない。物語に還元することのできない、世界の不思議に触れているのだから。

芭蕉は、世界の不思議に目をみはることができる人だった。

灌仏の日に生れあふ鹿の子哉　『笈の小文』

紀行文『笈の小文』の中で「灌仏の日は奈良にて爰《ここ》かしこ詣《もうで》侍るに、鹿の子を産《うむ》を見て、此日におゐてをかしければ」という一節に続いて掲げられる。

「灌仏」は、四月八日の釈迦の誕生日で、各地の寺では甘茶を童形の釈迦像に掛けてこれを祝う。

芭蕉の立ち寄った奈良でも、はなやかに法会が営まれていたはずであったが、ここで甘茶だの釈迦像だの散華だのを持ってくるのでは、「灌仏の日」に対して理屈になってしまう。そうした常識的な連想で結びつくものには目もくれないで、芭蕉が関心を示したのは、たまたまどこかの寺で子鹿が生まれるという場面であった。

釈迦と鹿の連想も、ないわけではない。釈迦の過去生は、鹿であったともいわれる。それに因《ちな》み、釈迦がはじめて説法をした場所は「鹿野苑《ろくやおん》」であった。だが、この句を解釈するのに、そうした常識を持ち出す必要はない。偶然たまたま、仏生会の営まれる日に鹿の子が生まれたということ、そしてそれを言葉にしてみると、「修辞的残像」によって「灌仏の日」が「鹿の子」に影響を与え、生まれたばかりの釈迦と小鹿のイメージが重なり、その可憐な手足や、潤んだ瞳まで見えてくるようだ。宗教者としての釈迦を、一個の肉体を持った存在として描き出しているのがこの句の妙味であり、「聖者と獣類を誕生ということによって結んだ機知的趣向」(阿部正美『芭蕉発句全講 Ⅱ』明治書院、一九九五年)という指摘は当たらないだろう。

奈良と鹿とは当然縁のあるもの同士で、それゆえに奈良の街の嘱目《しよくもく》としてここに「鹿の子」が登場するのであるが、「馬の子」でも「猫の子」でも「犬の子」でもあり得たところ、「鹿の子」でなくてはならないという確かな納得感がある。九鬼周造は、運命や偶然性について深く考察した哲学者であったが、「無限の可能性を背景とする現実に、それが他の可能性と絶縁して与えられたものなるが故に、他の可能性よりも一層多くの愛を集中させ得る」(『偶然性の問題』岩波書店、昭和十〔一九三五）年）という九鬼の言葉は、この句において「鹿の子」がいかにも可憐に登場していることの理由づけになるだろう。それはまた、可憐なものにおいてだけいえるのではなく、たとえば次の句に詠まれているような、おそろしいできごとについても同様なのである。

盗人に逢うた夜もあり年の暮　『ありそ海』

一年が終わる夜、振り返ってみて、泥棒が入った夜があった、という。「修辞的残像」により、「夜」は、年の暮の「夜」までも想起させ、穏やかな夜を迎えられたことの安堵感が引き立つ。そして、「盗人」などという、おそろしく、避けるべき存在が詠われているにもかかわらず、けしてこの句の「盗人」が悪しきものとしては受け取れず、むしろ、愛惜の対象にすら感じられてくる。それは、「火事になった」「水害にあった」「雷が落ちた」など、多種多様な災難がある中で、今年起こったのがたまたま「盗人が入った」というできごとであったがために、それがたとえ不利益を被《こうむ》るできごとであったとしても、他のできごとではなくそれが起こったという一点のために、そんな夜すらも愛おしく感じられてくるのだ。盗人に入られたために、かえって年の暮の感慨が深まったと、言わんばかりに。

さきほど、芭蕉は「世界の不思議に目をみはることができる人」だといった。できごとにすべて理由を付けようとする人は、逆に、「世界の不思議から目を背ける人」であるといえる。戦争、疫病、気候変動——予想のつかないトラブルに巻き込まれることは、現代においてもまったく変わりはない。そうしたとき、振り回されることなく、あとで「そういった時もあったな」と懐かしく振り返るためには、まずはものごとはすべて「偶然」であり「無根拠」であるということに気づくことから出発する必要がある。運命を受け入れる芭蕉の句は、しずかにそう語っている。

万有の真相は唯《ただ》一言にして悉《つく》す　曰く不可解

明治三十六（一九〇三）年、この言葉を残して華厳の滝に身を投げた藤村操は、「我」の確立に悩んだ典型的な近代的人物だった。「我」の思いの通じない花鳥風月の世界は、まさに「不可解」を体現するものであろう。だが、そうした世界の「不可解」をむしろ面白がり、結論の出ないまでもじっくりと見定めようとする人種が、俳人なのである。

調和を拒む——虚実

二〇二二年の春、若手の句集を対象とした「田中裕明賞」の選考をしていて、候補作の中にこんな句を見つけた。

ライブ後はみんなばらばら沙羅の花

（木田智美『パーティは明日にして』書肆侃侃房、二〇二一年）

ともにライブを見に行った同好の仲間たちがいる。ライブが終われば、それぞれの家路につくわけだが、ライブ中が盛り上がれば盛り上がるほどに、「祭の後」の寂しさは募るものだ。「ライブ後はみんなばらばら」の五音七音は、そんな心情を抱えている。

さてそこで、どんな季語を置くか。一般的には、寂しさを代弁するような季語を置くわけだが、そこに置かれた「沙羅の花」に驚いたのだ。

「沙羅の花」は、夏椿ともいい、夏の季語になっている。なぜ「沙羅」と付けられたかといえば、釈迦がその下で入滅したと伝わる沙羅双樹と混同したため。したがって、「沙羅の花」は寺社に植えられていることが多い。ここから想像されるのは、ライブ後にばらばらになったあとに、寺の境内を通っていくという情景だ。ライブの情熱を覚ますために、わざわざ寺領に立ち寄ったというのは考えづらい。あくまで、偶然だ。そして、そこで見かけた「沙羅の花」も、たまたま作者が出会ったもので、「沙羅の花」の表現効果を狙ったものではない（あえていえば「ばらばら」「さら」の押韻のためか）。このような偶然の出会いに、私たちの現実はあふれている。ライブ後のひとりぼっちの気分に合った花が、道すがらに咲いてくれるわけではない。その意味で、この句はおそろしいほどに現実的だ。

私たちを取り巻く現実は、私たちの意思とはかかわりなく存在する。混沌として、不条理で、まとまりがない。偶然に支配されている。

そのことと、調和や融和を要求される「作品」とは、根本的に相いれない。

とりわけて、俳句という文芸は、十七音という制限内での調和や融和を、大きな美点としてきた芸術だ。このような広範で、とらえどころのない世界を、たった十七音で言い含めている句に出会ったときに、読者は大きな感動を覚える。それはときとして、十七音で何が語られているかとか、どんなイメージが展開されているかということよりも、大きな意味を持つ。

しかし、興味深いのは、完全な調和、完全な融和を見せる俳句を、むしろ芭蕉は避けていたということだ。

たとえば、『去来抄』に、こんな逸話がある。

行く春を近江の人とをしみける　　芭蕉

行く春の情緒を分かち合うなら風流心を知る近江の人々に限る、という内容で、芭蕉は弟子の尚白から、「行く春」の季語や「近江」の地名の置き方について批判があったという。

尚白が難に「近江は丹波にも、行く春は行く歳にも振るべし」といへり。汝、いかが聞きはべるや。

尚白は、地名は「近江」ではなくても「丹波」でもよいだろう、季語の「行く春」は「行く歳」でも通じるだろうと、芭蕉の句の語彙が「振る」ことを難じた。「振る」とは、現在の句会においても、「動く」という言葉で、いまもなお否定的な評語として使われている。これはつまり、調和をしていないことへの非難だ。すべての言葉がしっくりと句の中におさまってこそ、句は調和する。ほかの語に置き換えても成り立つという句は、調和していないということだ。

この尚白の意見について、去来はこのように述べている。

尚白が難当たらず。湖水朦朧として春を惜しむにたよりあるべし。ことに今日の上にはべる。

去来によれば、「近江」といえば思い浮かぶ琵琶湖の朦朧とした雰囲気が、行く春の情感に通うのだという。「ことに今日の上にはべる」という去来の言葉に注目したい。ただ、今日得た実感に基づいたということだ。計算、企図の上に「近江」や「行く春」の季語を置いたというわけではなく、実際に湖水に船を浮かべた経験から、自然に生まれてきたというのだ。

つまり、木田が「沙羅の花」と付けた感覚と、芭蕉が「近江」と置いた感覚は近い。計算や企図を排除する。できるだけ、偶然に頼る。実感に忠実になることで、現実らしさを一句に付与しようとする。

もちろん、現代の若い俳人と、芭蕉とは、通じる点もあれば、違う点もある。芭蕉の句が、偶然性、一回性に頼っているならば、それはあくまで移ろいゆくものを捉える「流行」にとどまり、永遠につながる「不易」には至ることがなかったのではないか。

此秋は何で年よる雲に鳥　『笈日記』

たとえばこの句、「此秋は何で年よる」に対して「雲に鳥」という言葉が取り合わされている。ここで芭蕉は「下の五文字にて寸々の腸《はらわた》をさかれける」と言っている。はらわたが千切れるほどに苦しんでひねりだした言葉だというのだ。

「此秋は何で年よる」のあとに続く言葉として、穏当であるのは、後ろ向きの言葉だ。ひやりとする風に、体はおのずからかがむ姿勢を取る。年を重ねたものであれば、筋骨は衰え、姿勢も悪くなる。加えて、内向きの心情は、憂いの主の視線をさらに落とさせるだろう。

「雲に鳥」が非凡であるのは、そうした自然な流れに逆らって、上を向いた時の眺めが詠まれていることだ。「雲に鳥」は、奇妙なフレーズだ。遠くにわたっていく鳥なのか、巣に戻っていく鳥なのかはわからない。だからこそ、現実をいささか逸脱しているようにもみえる。象徴の世界に踏み込んでいるようでもある。「鳥に雲」であれば、鳥の向かっていく先に雲があるという景になり、どこか安堵感がある。雲が鳥を迎えてくれているような感じだ。しかし、「雲に鳥」といえば、雲に対しての鳥の小ささが際立つ。雲に、鳥がまるで呑み込まれてしまうようだ。その不穏な感じが、先の見えない老いの入り口に立たされた者の心情に合致する。それでいながら、上空を仰ぐ作者像は、けっして老化に屈していない気負いも感じさせる。老いを嘆くのでも、あるいは拒むのでもない。微妙な感情が、絶妙な言葉の配慮の上ににじみ出ている。しかも、全体としては、これがあたかも芭蕉の実感であったかのように、自然に作られている。「寸々の腸をさかれける」という作者の苦労を、微塵も感じさせない出来となっているのだ。

こうしてみると、去来が「行く春」の句について評した「ことに今日の上にはべる」とは、芭蕉のある一面をいっているにすぎないと思わせられる。芭蕉の場合は、ただ実感に沿った表現をしているというのではない。実感に基づいて、作品としてのインパクトを持つように、緻密な計算もしているのである。

「此秋は何で年よる」は、それ自体で完結したフレーズだ。この上に何を足すのか。俳人の力量が試されるのは、まさにこの五音といってよい。それは、大海の中を、あてどなくさまよう難破船の心情と同じであろう。あるいは、真っ暗な森の中を、ともしびもなく歩き続ける人の胸中とも通う。

現実と現実らしさは、種子と花ほどの違いがある。「此秋」という、ある特定の時点に得た自分の感慨を、いかに人間にまつわる普遍の真理に高めていくか。芭蕉は、自分の体験にこだわってはいない。あくまで言葉の世界に生きていた。体験から、美しい十七音の花を咲かせることが、俳人の仕事なのだ。

　　下京や雪積む上の夜の雨　　凡兆

この句をめぐる、師と弟子の著名な語らいがある。

門人の凡兆が「雪積む上の夜の雨」という十二音のフレーズを思いついた。夜に雪が止んで、積もった上に雨が音もなく降り注いでいるという、静謐感のある情景だ。これに対して、どんな五音を付したものか思い悩んでいた凡兆に、芭蕉は「下京や」を提案した。京都の下京は、商家や民家の並ぶ庶民的な一帯だ。「雪積む上の夜の雨」の静謐な情景に、「下京」の家々を足すと、窓のうちでは人々の団欒の明かりが灯っているだろうと想像される。冷たい雨が降る外界と、あたたかな雰囲気で満ちた屋内が対照的だ。

この逸話は、俳句作りにおける配慮や算段の重要性を示すとともに、そこには「虚」の要素が介在していることをよく表している。「雪積む上の夜の雨」は、作者である凡兆の手を離れ、芭蕉の脳裏に浮かぶ「虚」の下京と結びつき、ひとつの作品としてこの世に生まれ出でた。ここにいかなる五音を配するのか、無限の可能性の中で選び取られるときには、もはや作品の原点となる現実は顧みられない。現実らしくあればよいのだ。

それはさながら、ヴァーチャルリアリティの映像製作に似ている。いまや、映画やゲーム作りに欠かせないこの技術は、一瞬にして登場人物の背景を塗り替えることができる。

かつての映像製作では、実際にその現場に俳優が出向き、現実の光景の中で芝居をしなければならなかった。だが、ヴァーチャルリアリティは、スタジオで撮影した役者たちの演技の背景に、さまざまな背景を配することを可能にした。剣戟の背景に、荒廃した砂漠とふたつの太陽が輝く『スター・ウォーズ』の映像を、観客たちは現実のように楽しむ。画面作りが自然であれば、観客である私たちは、それが現実であるのか、非現実であるのかは気にならない。現実らしくあれば、映像の中にたちまち入って行ける。

芭蕉の凡兆の句の添削は、ちょうど逆になるだろう。「雪積む上の夜の雨」という背景に対して、「下京」を付けることで、そこに住む庶民の暮らしを描き出した（映画とは異なり、俳句の場合にはまず自然風景があり、そこに人物を配するという流れになることは、人間というものに対する二つのジャンルの向き合い方の違いを示唆している）。この句の景色は、現実のどこにも存在しない。

だからこそ、どこにでも存在するといえる。「下京や」の五音を置いたとき、芭蕉は「兆、汝手柄にこの冠を置くべし。もしまさるものあらば、我二度俳諧をいふべからず」といったというが、その自信ある態度は、この句が不易にたどり着いたという手ごたえがあったからだろう。

「虚」は、芭蕉の専売特許ではない。「火をも水にいひなすなり」（『奥儀抄』）という平安期の歌人・藤原清輔の言葉どおり、虚を実にみせかけることは俳諧の本義でもあった。

ただし、「虚を実にみせかける」ことにも、さまざまなレベルがある。

修練期の芭蕉は、あからさまに「虚」の句を作っている。三十二歳、芭蕉の若き頃の句に、

町医師や屋敷がたより駒迎　『五十番句合』

がある。「駒迎」は、王朝時代の行事。八月十五日、諸国から貢進される名馬を、朝廷の役人が逢坂の関まで迎えに出たという。立派な武家屋敷から、町医者を迎えるために馬が出たのは、当世風の「駒迎」であると、江戸の街並みに王朝期の風景を出現させたのが狙いだ。佐藤勝明が「現実を大げさに表したところにおかしみが生じる」（『芭蕉全句集』）と評しているように、虚と実をぶつけあわせて、そこに生じる齟齬にこそ主眼がある。

やがて、「虚」は、一句の中に溶け込んでいく。同じ人事句でも、嘘か誠か定かにわからぬ、妙

味ある世界が創出される。

声すみて北斗にひびく砧かな　『新撰都曲《みやこぶり》』

「砧」は、槌で布を打ってやわらかくするときに使う台のことで、「砧打つ」は詩や歌に物悲しい音として詠まれてきた。この句では、砧を打つ音が「北斗にひびく」、つまり北極星にまで響き渡るといっていて、あきらかに「虚」であるようだが、しかし澄み渡った音であれば夜空のずっと彼方の宇宙空間までひろがっていくようだといわれれば、それも「実」かと思わされてしまう。「虚」と「実」が、この句では不分明だ。

「虚」は、それ自体が目的なのでなく、「流行」から「不易」へ至るために、欠かせない要素となっていく。

旅に病んで夢は枯野をかけめぐる　『笈日記』

末期の病床で作られたこの句は、枯野をかけめぐる夢という「虚」を通して、客死しようとしてなお旅を求めてやまない自身のうちに潜む妄執という「実」をあらわした句と見ることができる。

モーツァルトの最後の作品「レクイエム」を、小林秀雄は「音楽が音楽に袂別する異様な辛い音」と評したが（『モオツァルト』）、ここにはそこまでの悲痛さはない。仮に「夢は枯野をかけにけり」であれば悲痛さが前面に出るが、「かけめぐる」という複合動詞にした過剰さには、ほのかな可笑しみすら漂う。病臥してなお枯野を駆けたい――否、飽きるまで駆けめぐりたいという願う必死さが、滑稽なのだ。その妄執は、志半ばで死んでいくわれわれ人間の大半に宿るものであり、普遍的な真理に至っているといえる。

一時的なもの、かりそめのものを通して、普遍的なもの、永遠なるものに近づいていくのが「不易流行」であり、「不易」と「流行」をつなぐ鍵として「虚」がある。「虚」は芭蕉の専売特許ではないが、「虚」をここまで使いこなした俳人はやはり芭蕉を置いてほかになかった。

冒頭にあげた木田智美の「ライブ後はみんなばらばら沙羅の花」は、令和という時代の若者の気分を捉えたものとして、印象的な「流行」の句となりえているだろう。だが、それが「不易」に至ることはない。むしろ「不易」を捨てたところに、木田という俳人のアイデンティティがある。そこにはひりつくような「実」がある。

芭蕉のアイデンティティはどこにあったか。現実らしさを「虚」によって作り出すということだ。それは、現実そのままを写し取ることや、虚構のイメージを作り出すことよりも、難しいことといえる。

アメリカの詩人マリアン・ムーアは詩についてこう定義した。「本物のヒキガエルが棲む架空の庭」(「詩」、亀井俊介・川本皓嗣編『アメリカ名詩選』岩波文庫、一九九三年)であると。

ムーアは小動物を数多く詩に登場させたが、それは芭蕉も同様である。次にあげる芭蕉の句の「ひき」もまた、あくまで「想像の庭」の住人とみてよいだろう。

這出よかひやが下のひきの声　『おくのほそ道』

尾花沢では紅花大尽と知られる清風宅で、芭蕉たちは篤い歓待を受ける。その間に作られた句として、

涼しさを我宿にしてねまる也
這出よかひやが下のひきの声
まゆはきを俤にして紅粉の花
蚕飼《こがい》する人は古代のすがた哉　曾良

といった並びで『おくのほそ道』に記されている。「かひや」や「蚕飼」とあるので、養蚕の現場を見せてもらったことがうかがえる。

第一句目の「涼しさ」は、みちのくのなまり「ねまる」を取り入れた句で、「実」の要素の強い句だが、第二句目からはさっそく「虚」の要素を取り入れ、蚕小屋の下に潜んでいる蟇に呼びかけたり、紅花の花を平安期の女性のまゆはきになぞらえたり、養蚕に従事する人々の姿に古代を感じ

取ったりと、芭蕉もその同行者の曾良も、想像力を大いに働かせて句作している。
とくに二句目に注目してみたい。この句は『万葉集』に見られる、

朝霞かひやが下に鳴く蛙声《かわず》だに聞かば我恋ひめやも

の歌が下敷きにあることは諸注の一致するところであるが、あくまで表現を借りたものであり、「かひやが下に鳴く蛙」と「かひやが下のひきの声」とは大きく隔たりがある。前者はカジカガエルの声に恋しい人を思うという情趣ある内容だが、後者は心なき「ひき」に向かって、声を聞くだけでは満足できなくて「這出よ」とまで呼びかけているところに「虚」の要素が色濃く、滑稽味が強い。しかし「這出よ」と呼びかけたくなるほど、物陰に隠れて出てこないという「ひき」の「実」をおさえた句でもある。しかもその陰をつくっているのがほかでもない「かひや」であるということで、内部でうごめいている蚕たちの不気味さ、不穏さ——同じく山形に生まれた詩人・黒田喜夫が「毒虫」と呼んだことも思い起こされる——も、この「ひき」のうちに流れ込んでいるのである。

「ひき」ばかりではない。一見、実見の忠実な再現にもみえる「古池や蛙飛びこむ水の音」にしろ、見えない「蛙」の姿を音を通して想像しているという点に「虚」の要素が認められる。音を通して脳裏に浮かび上がる虚構の「蛙」であるからこそ、その飛び込む姿は現実以上にユーモラスに思えるのだ。

あるいは、

ほととぎす鳴く鳴く飛ぶぞ忙はし　『あつめ句』

という句は、「ほととぎすはかしましきほど鳴き候へども、稀に聞き、待ちかねるやうに詠みならはし候」（里村紹巴『連歌至宝抄』寛永四年）とされてきたホトトギスの「虚」を打ち破り、さかんに鳴きしきる「実」に切り込んだ作として記憶されるが、「実」の生々しさが先走っているともいえる。同じホトトギスの句であっても、

ほととぎす消えゆく方や島ひとつ　『笈の小文』

のほうに、虚と実の溶け合った不思議な魅力があるだろう。『笈の小文』のストーリー上は、この「島」は鉄拐峰《てつかいほう》から眺める淡路島を指すが、ホトトギスがはるかな海の向こうの島を目指していくというのは、不可思議な景だ。おそらくは、島に行きつく前に、その鋭い声も聞こえなくなったであろう。「消えゆく」というシチュエーションを設定することで、逆説的にホトトギスの声の鋭さを伝えているのだ。この句の「島ひとつ」は、実景の淡路島を超えて、なにか冥府のような不穏さがある。夜の山から聞こえてくるホトトギスの声に、古き代の人々は「死出の山」を越えてくる不気味さを感じ取り、「死出の田長《たおさ》」や「魂迎鳥《たまむかえどり》」という異名を付した。この世とあの世を行き来する鳥であるという虚構のイメージと、現実のイメージが絡み合い、夢かうつつかわからないような

奥行きのある世界を示している。

現実は混沌として、捉え難い。それを捉えようとすれば、作品としてのまとまりを欠くか（子規の写生を受け継いだ河東碧梧桐の「新傾向俳句」が、やがて現実をそのまま作品化することを優先して無中心、無技巧、韻律の解体に向かったことはその典型だ）、逆に作品としてまとまりすぎて現実らしさを失う。芭蕉はそれまでの誰よりも現実に向き合った俳人であったが、同時に虚構の世界に深く入り込んだ俳人でもあった。「虚」とは、現実に疲れた心をあたためてくれる焚火ではない。霞がかった現実の向こうにあるものを照らし出す、燃え盛るかがり火の別名なのだ。

仮面の誠実　——主体

たとえば「古池や蛙飛びこむ水の音」といったときに、この「水の音」は一体だれが聞いているのか。

一般に、俳句では主語が入っていない場合には、「作者自身」が主語とみるという約束がある。しかし、この「作者」というのも、ややこしい。作者は「芭蕉」であるのだが、それは①生身の作者自身なのか。あるいは②創作された作者であるのか。

作品は作者と切り離された「テクスト」であるという概念が浸透した現代では、②であるというべきだろう。だが、おそらくほかの芸術に比べて、俳句では、①であるという考え方がいまなお根強く残っている。①か②か、それは読みの問題にも及んでくるので、放置してよい問題ではない。

たとえば、短詩型文芸の読みの名手であった詩人・大岡信は、「金粉をこぼして火蛾やすさまじき」（『松本たかし句集』昭和十年）という俳句について、こう鑑賞している。

宝生流能役者の家に生まれたが病身でその道を断念し、虚子門の俳人となった。火に慕い寄り、焼かれつつ舞いつづける蛾。「金粉」をこぼして乱舞するその「すさまじき」姿に、命の不可解な力と美がある。画家速水御舟の名作「炎舞」や、ゲーテ晩年の詩「浄福的な憧れ」が、死して無限の生命を得ようとする火蛾を一方は描き、他方は歌っていたのも思い合わされる。

（長谷川櫂編『大岡信『折々のうた』選　俳句（二）』岩波新書、二〇一九年）

ともしびに飛び込み、鱗粉をまき散らしながら死んでしまう「火蛾」を詠んだこの句について、大岡はまず、作者である「松本たかし」という俳人について簡単に紹介する。その上で、俳句そのものの鑑賞に入っていくのだが、「焼かれつつ舞いつづける蛾」という表現に注目したい。ここで大岡が、「飛びつづける」でも「翔けつづける」でもなく「舞いつづける」といっているのは、たかしが能役者の家に生まれながらも挫折したという来歴を意識している。あきらかに大岡は、この句の「火蛾」の姿に、作者である「松本たかし」を重ねているのだ。

このように、一句を観賞するときに、その作者の来歴を意識することが、俳句では自然に行われている。ほかの芸術に比べて、余白の多い俳句では、その余白を埋めるために、作者自身の情報が呼び出されるからだ。たかしの句にしろ、単純に死んでいく「火蛾」のことを詠んでいるとも取れるのだが、それだけではなく、能役者を挫折したというたかしの情報を入れることで、焼かれていく蛾は、一度夢を断たれながらもなおも新たな人生を選びとったたかしの寓意にも映る。

芭蕉の句もまた、ごく自然に、芭蕉自身の人生の中で理解されてきた。鈴木大拙の弟子で英語圏に俳句を紹介したR・H・ブライスは「われわれは英詩を読むとき、その作者を知ることは楽しく、また有益でもあるが、絶対不可欠なことではない」が、「ある俳句の作者が芭蕉であることを知ることは、（略）必要なのである。」（『禅と英文学』）として、俳句がきわめて短いことや、芭蕉自身が現実世界に向き合った俳人であったことを、その理由として挙げている。

たしかに、「古池や蛙飛びこむ水の音」は、その侘びた暮らしの中で理解されるべきだろうし、「旅に病んで夢は枯野をかけめぐる」は、歳月の多くを旅に暮らした芭蕉の最後の句であるから心に訴えかける。また、芭蕉の句は、現代人の考えるような単独の作品として詠まれているだけではなく、贈答品や書簡に添える相手へのメッセージとして詠まれたものも多く、そうした背景を知らないと句そのものが理解できないこともある。芭蕉の句は、芭蕉という生身の人間の人生を抜きにしては語れないものだ。

しかし一方で、芭蕉の句に、芭蕉の人生を通して向き合うことで、句の解釈の多様性を損ねてしまう危うさがある。江戸中期から起こった芭蕉の「俳聖化」は、その典型だろう。芭蕉は神聖にして侵犯できない神として扱われるようになり、その残した言葉は絶対視され、その句は価値判断の埒外に置かれた。正岡子規によって過度な芭蕉崇拝に基づく作品群が「月並み」として批判されたにせよ、現代においてもなお、芭蕉の言葉や句はカノンとして、無批判に「素晴らしいもの」「学ぶべきもの」と受け取られている。こうした受容態度の根底には、芭蕉の句と芭蕉の人生とは分かちがたく結びついており、芭蕉の内面がその作品に反映されているという考え方がある。音楽学のマーク・エヴァン・ボンズは、ベートーヴェンを例にとり、その音楽を彼の自伝として聴衆が受け取るようになったことで「楽聖」が誕生したと指摘しているが（堀朋平・西田紘子訳『ベートーヴェン症候群』春秋社、二〇二二年）、「俳聖」が誕生する際にも、まさに同様のことが起こったのだ。

だが、「虚に居て実をおこなふべし。実に居て、虚にあそぶことはかたし」（「陳情表」、『風俗文選』）というほかならぬ芭蕉の言葉は、俳諧がそもそも虚構を前提とすることを指摘している。実社会に生きている自分が、そのまま句の中にあらわれてくる自分というわけではない。「古池」の句は、たしかに深川で作られたのかもしれないが、言葉の中の「古池」はどこにも実在しない。そして、それを見ている「芭蕉」という存在も、江戸初期に深川に住んでいた俳諧師とは別の存在と見るべきだろう。

高名な俳人・飯田蛇笏の息子であった龍太は、「くろがねの秋の風鈴鳴りにけり」という父の代表句に詠まれた風鈴を、自宅を訪れた俳人たちが感心して眺めるのを、ひややかに見つめた。「音」と題された短いエッセイから引用しよう。

わが家の来客には、おのずから俳人が多い。
たまたま軒の風鈴が鳴ると、
「オヤ、あれが、くろがねの風鈴ですね」。
といって席を立つ。

こんな時、私はいつもアイマイな返事をすることになる。芭蕉の「古池」は実際の古池より、はるかに趣があるにきまっている。

（「雲母」昭和四十一〔一九六六〕年十一月号）

龍太がいうように、芭蕉の「古池」は現実以上の存在感がある。同様に、蛇笏の「風鈴」も、飯田家の軒にさがっている風鈴と比することはできない。

いかな名句といえども、神棚にあげられてしまっては、たちまち埃をかぶり、その輝きを失うのだ。

『おくのほそ道』の本文には、旅の同伴者である曾良の名は登場するが、芭蕉の名は一切出てこない。この紀行文の主人公は、あくまで「余」と称している。

これはすなわち、『おくのほそ道』は「虚」として受け取る必要があるということだ。そこで、少なくとも『おくのほそ道』におさめられた句については、芭蕉個人ではなく「余」が主体と見ていきたい。

那須の芦野を訪れた「余」は、西行も足跡を残したと伝承される遊行柳の前に立って、次の句を残す。

田一枚植ゑて立ち去る柳かな

いったい誰が田を植えているのかは、この句を読む者を悩ませてきた問題であるが、そもそも、主語を決める必要はあるのだろうか。田を植えているのは、「余」でもあり、早乙女でもあるとみるのは、それほど破格だろうか。たとえばすばらしいドラムの撥捌《ばちさば》きをまのあたりにしたとき、おのずから自分の手もスティックの動きをしていることがある。それと同じように、早乙女のあざやかな手さばきを見ているうちに、自分でもついつい田植えをしている気分になるということは、起こりえるだろう。

その後の「立ち去る」も、「余」が田んぼを一枚植えおわったのを見届けて立ち去ったとも、早乙女が仕事を終えて立ち去ったとも取れる。肝要なのは、ここで「立ち去る」といって、そこに誰もいなくなり、ただ柳だけが吹かれているという情景を出したことだ。厳密にいえば、「立ち去る」の主語を「余」と取れば、そこに残されたのは早乙女であり、主語を早乙女ととれば、「余」が残っていることになるが、「立ち去る」のあとに読者が期待する主語が一切書かれておらず、唐突に「柳かな」の結句が訪れるために、読者は「柳が立ち去るわけでない」と「柳」が主語であるという選択肢を除いたうえで、「何者かがそこから立ち去った」という印象を強く受けるのではないか。だれかがそこに残っているという印象は薄い。残されているのは、柳ばかりである。だからこそ、ひろびろとした田んぼの中にぽつんと立った柳の表現としてふさわしい。

この句は、

道の辺に清水流るる柳陰しばしとてこそ立ちどまりつれ　　西行『新古今和歌集』

という古歌を踏まえていることはあきらかだ。柳の下で涼む時間を、西行が「しばし」といったのに対して、芭蕉は、田んぼを一枚植え終わるまでの時間だと具象化したところに工夫がある。西行の歌をもじったというだけではない。サミュエル・ベケットが「優れた盗人は、即ち、優れた発明者である」というように、芭蕉は西行の「盗人」であると同時に「発明者」であった。「立ちどまり」を「立ち去る」に変えて、柳がただ一本残されていることを強調し、「田んぼの中の柳」という対象を際立たせる表現をとっている。そのためには、誰かがそこにいたのか、何をしていたのかという設定にはこだわっていない。むしろ、捨てている。

この句は、意識的に曖昧さや不正確さを残している。それは、「立ち去る」の主語は「柳の精」ではないかという説があるとおり、夢幻能の雰囲気をまとわせるためだった。

俳諧と能のかかわりは深い。たとえば、芭蕉はこんな句を詠んでいる。

花の陰謡に似たる旅寝かな　　『あら野』

桜の木の下で旅寝していると、いくつかの謡曲が思い返されるというのだ。たとえば『鉢の木』に、旅僧が貧家に宿りを求める場面がある。今の目で見ると「花の陰」にポーズがあって、いかにも芝居がかっているようにみえるが、芭蕉がそれだけ物語の世界に深く入り込んでいたという証拠であろう。

芭蕉は若いころ、当時流行の作風に影響されて、さかんに謡曲の文句取りをしている。芭蕉の弟子であった其角は、「諷（謡曲）は俳諧の源氏なり」（『雑談集』）と述べて、歌詠みにとっての『源氏物語』が、俳人にとっての謡曲なのだと位置づけた。俳諧と能の世界は、根を同じくしているといってよい。

月ぞしるべこなたへ入せ旅の宿　『佐夜中山集』
あらなんともなや昨日は過ぎてふくと汁　『俳諧江戸三吟』

たとえば一句目の「月ぞしるべ」は、『鞍馬天狗』の中の、「奥は鞍馬の山道の、花ぞしるべなる。此方へ入らせ給へや」の文句を取っている。二句目の「あらなんともなや」も謡曲にしばしば現れる文句で、たとえば『蘆刈』には「あらなんともなや候……昨日と過ぎ今日と暮れ」と出てくる。

これらは本格的な蕉風開眼の前の習作とされていて、さきほどのベケットの言葉になぞらえるならば、まだ「盗人」の段階であって「発明者」とはなりえていない。旅人を宿に招き入れるあるじの誘い文句を風雅にアレンジしてみせた「月ぞしるべ」の句は、鞍馬天狗と牛若丸の師弟の物語『鞍馬天狗』とは本質的にかかわりがない。同様に、一夜過ぎてもふぐにあたらなかった喜びを詠んだ「あらなんともなや」の句も、夫婦の再開の物語『蘆刈』には無縁の内容である。

謡の中の印象的な言葉を引き抜くだけであった「月ぞしるべ」や「あらなんともなや」の句とは異なり、「田一枚植ゑて立ち去る柳かな」は、『遊行柳』という話の主題とも深くかかわりを見せている。謡曲の『遊行柳』では、栄華の昔が忘れられない柳の精が、旅の僧の回向によって成仏するところで終わる。華やかな過去を語ったあげく、もとの朽ちた柳の木に戻ってゆくラスト・シーンの虚しさを、この句の「立ち去る」はよく表している。特定の誰かが立ち去るのではなく、主語をあいまいにすることで、「あらゆるものが立ち去った」あとの空漠を表現しているのである。ここにいたって芭蕉は「発明者」と成り得たのだ。


能は仮面をかぶる芸能だ。役者個人の顔は、問題にならない。能に登場するのは、人物の典型であり、鑑賞者はそこに自分や身近な人物を見出しやすい。芭蕉もまた、『おくのほそ道』の中で、「余」という面をつけている。余計な情報がないために、読者は「余」に自分を重ねやすくなる。

そして面をかぶりつづけていたのは、『おくのほそ道』に限ったことではない。

当時の俳人は「号」を名乗るのがふつうであった。つまりこれは、俳句の世界に入っていくためには、まず実人生を捨てて、虚構の人物になりきるということを意味する。ここでいう「捨てる」ということに、程度の差はある。芭蕉の門下でも、ほとんどの者は職業を持ちながら、俳諧に手を染めていた。しかし、芭蕉は文字通り、松尾宗房であることをやめて、芭蕉という反俗半僧の俳人として生きることを選んだ。その「捨て方」が当時としても異常であったから、芭蕉の存在は耳目を集めた。徹底して、面をかぶって舞台の上で舞い続けることを選んだのだ。

たとえば次の句では、「貧者」の面をかぶる。

櫓の声波をうつて腸氷る夜やなみだ　『むさしぶり』

近くの川から舟の櫓の音が聞こえ、はらわたまで寒さが沁みとおるような夜に心細さに涙しているというのだ。水辺に暮らす貧者のわび住まいの、こらえきれない感情が噴き出ている。漢詩文を模した硬質な文体と、「腸氷る」や「なみだ」といった誇張された身体表現および感情表現によって、貧の悲劇を演出している。

次の句では、「風狂人」の面をかぶっている。

さみだれに鳰の浮巣を見にゆかむ　『あつめ句』

「鳰」は琵琶湖でよく見る鳥。即ちこの句は、鳰の浮巣を見るために、わざわざ湖国まで五月雨の中を出かけていこうというのだ。現代でいうなら、わざわざ新幹線や飛行機を使って、自然の風物を見に行く態度になぞらえられる。あくせくと仕事や用事に追い立てられている生活者からすれば、呆れてしまうような身の上である。

次の句は、「童子」の面といえるだろうか。

いざ行かむ雪見に転ぶところまで　『笈の小文』

「いざ行かむ」と威勢よく打ち出しながら、すべりやすい雪の上でのこと、きっとどこかで転ぶだろうけど、と最後でみずからを茶化している。いい大人が雪と戯れるとは可笑しいが、誰の心の中にもこのような少年少女が潜んでいるのではないか。

これらの句にあきらかなように、芭蕉の自己劇化の方法には「誇張」と「呼びかけ表現」がある。いずれも、写実を旨とする近現代俳句では、低調な技法だ。本物らしさ、真実らしさを俳句に求める立場からすれば、たしかにこうした芭蕉の句は一見、わざとらしく、嘘くさいものに見えるだろう。しかし、たとえば「櫓の声」の句は大仰な漢詩文調ではあるが、ここまで誇張しなければ伝わらない孤独の叫びというものもあるはずだ。事実に誠実であることと、真実に誠実であることは、必ずしも同義ではない。数多くの仮面をかぶった詩人としては、ポルトガルの詩人フェルナンド・ペソアが思い出される。ペソアが七十にも及ぶ異名を持っていたのに比べれば、芭蕉の持っている仮面は数が限られている。とはいえ、ペソアの次の言葉は、そのまま「櫓の声」の句への最上の賛辞となり得るだろう。

詩人はふりをするものだ／そのふりは完璧すぎて／ほんとうに感じている／苦痛のふりまでし

てしまう

（澤田直訳『新編　不穏の書、断章』平凡社、二〇一三年）

近現代の俳人の中で、芭蕉のように虚の主体を創造することに意識的であったのは、寺山修司であった。

寺山修司は、郷里の青森にいた若いころには、俳句や短歌に熱中していた。長じて上京し、「天井桟敷」のリーダーとして、演劇界にその身を投じることになるのだが、すでにして青年の頃の作品からして、演劇的であることが興味深い。

わが夏帽どこまで転べども故郷　　寺山修司

たとえば十八歳の時のこの句には、「わが」という言葉が入っているが、青年寺山修司と重なってはこない。生々しい映像ではない。どこか芝居めいている。風に吹かれた帽子が、どこまでもと思うほど転がっていくことは日常的にも体験することだが、そのまま故郷を出てしまうかもしれないと思っているところには、あるポーズがある。

寺山がシナリオを書き、監督をした映画『田園に死す』（一九七四年公開）は、郷里・青森が舞台となっている。郷里脱出願望を抱える中学生の主人公は、外ではかたくなに学生帽を取らないという性格設定になっている。寺山にとっては、「帽子」が面のかわりだったのだ。

芭蕉が、貧者や風狂人や童子を演じたように、寺山も、郷里脱出願望を抱く青年を演じた。彼らの作品は、たった十七音の、世界最短のシナリオなのである。

もしジャズがやめば凩《こがらし》ばかりの夜　　修司
ラグビーの頬傷ほてる海見ては
大揚羽教師ひとりのときは優し

これらの句の主体は、いずれも生身の人間というより、ある物語の登場人物といった趣だ。「もしジャズが」の句は、長途の旅に出る際に詠まれた芭蕉の「野ざらしを心に風のしむ身かな」(『野ざらし紀行』)を思わせる。この芭蕉の句も、野ざらしの白骨になることを覚悟して旅立ちの風に吹かれているという、演劇的な句だ。両句ともに、世界の厳しさに対する、言い知れない恐れや淋しさが感じられる。演じることで、人間の感情の真実に達したという例である。

面や帽子をかぶり、他の自分になりかわることは、創作者として不誠実な態度にも映る。嘘偽りのない実人生の反映が芸術作品という考えもあるだろう。芭蕉や寺山は、たしかに自分というものには不誠実であったかもしれないが、作品の題材や主題に対しては誠実であった。題材や主題を生かすために、必要があれば自分を裏切り、別の自分になりかわることを辞さなかった。

本章の終わりにあたってもう一度、ペソアの段章の力を借りて、彼らの数奇な一生を弁護したい。

誠実さは芸術家が克服すべき大きな障害のひとつである

重力からの解放　――軽み

芭蕉が晩年至ったとされる「軽み」の境地は、俳文学者の間でもさまざまな定義がなされているが、ここでは「いっさいの芸術的身構えを捨てて日常性の中に詩を求め日常の言語をもって表現する道」(『俳文学大辞典』角川書店、一九九五年)という尾形仂の解説を踏まえておく。芭蕉や門人の口から「これこそが軽みの句」であると直接的に示唆された具体例が乏しいことが、その定義の困難さに拍車をかけているのだが、

鶯や餅に糞する縁の先　『葛の松原』

について、杉風宛の書簡にて芭蕉が述べた「日頃工夫の所にて御座候」という「日頃工夫の所」が「軽み」をさすというのはほとんど異論のないところだ。

この句の「餅」とは、保存食である、干した餅の事。縁先に干してある餅に糞を落として、鶯が飛び去って行った。ただそれだけの内容である。この句の面白さは、いったいどこにあるのか。

アルゼンチンの詩人ボルヘスは、芭蕉の「古池や蛙飛びこむ水の音」や蕪村の「釣鐘にとまりて

眠るこてふ哉」をあげながら、

どちらの句にも隠喩は存在しない。日本人は一つ一つのものが唯一のものだと感じているようだ。隠喩は魔術的な手法で、たとえば時間と川、星と目、死と眠りを比べるが、日本の詩ではコントラストを求める。永遠の鐘と儚い蝶の対比である。

（井尻香代子訳「Mi experiencia con el Japón」『アルゼンチンに渡った俳句』丸善出版、二〇一九年）

と述べていて、俳句という文芸が西洋の詩のように隠喩に拠ることはなく、コントラストにこそ賭けていると鋭く指摘している。

ボルヘスは俳句の隠喩性を否定しているが、芭蕉の句に出てくる鳥が、隠喩的な現れ方をすることは珍しくない。たとえば、

永き日も囀り足らぬひばり哉　『あつめ句』貞享四年

原中やものにもつかず啼く雲雀　同

という句について、コントラストの指摘をすることもできるが、それ以上に、隠喩性に重きを負っている。なににもすがりつくことなく、重力のしがらみなどないように野原の空を飛び回る雲雀の

姿は、「無心に囀る揚雲雀に、『荘子』逍遥遊篇の世界にも繋がる天性の自由の境地を見た」と今栄蔵の解説（『新潮日本古典集成　芭蕉句集』新潮社、一九八二年）にあるように、自由の隠喩と見るべきだろう。

現代の俳句においても、

かなしめば鵙《もず》金色の日を負ひ来　　加藤楸邨（『寒雷』昭和十四〔一九三九〕年刊）

という句は、夕日を浴びた「鵙」の姿は希望の隠喩とみることができる。こうした句は、すでにしてその隠喩性が「重み」となっている。

しかし、「鶯」の句（あるいはその下地となった次頁の「群燕」の句）は、こうした隠喩性から解放されている。そこに見て取れるのは、ボルヘスがいうように、コントラストである。まっさきに指摘できるのは、和歌以来の「鶯」の風雅と、縁先に干した餅の日常性とのコントラストであろう（しかもここでは鶯が鳴くのではなく糞をするというきわめて通俗的な一面が捉えられている）。のみならず、ここでは、空の「鶯」と、人家の「縁」とのコントラストを指摘することができる。そして、このコントラストによって、飛んでいく「鶯」の軽やかさが強調されているのである。

人間は生きている限り、地上に縛られている。そうした人間が生きていくために作った干し餅に糞をして、叱責も届かない天上に去っていく「鶯」。彼は、逃げているのではない。ただ気ままに糞をして、飛んでいるだけだ。圧倒的に軽やかなのである。

もちろん、「軽み」とは、比喩的な意味であって、実際に詠まれる題材が「軽量」であることを意味するのではない。だが、この「鶯」の句において、飛び去っていく鶯が、重力の桎梏《しっこく》を感じさせないほど軽妙に描かれていることは、この句全体から受ける「軽み」の印象と無関係ではない。

この「鶯」の句に先行して、

盃に泥な落しそ群燕　『笈日記』元禄元年

という句が作られている。「小鳥の存在を人間側は意識しているが、小鳥側はまったく関知していない」という着想は、「餅に糞する」の句と共通しており、「軽み」の句の生まれる下地となった句といえるだろう。

「鶯」の句にせよ、「群燕」の句にせよ、「糞」や「泥」といった、重力に影響されるものが一句の中に加えられていることで、重力に影響されない鶯や燕自身の軽やかさが強調されているのである。しかも、それらが「自由」や「希望」などの隠喩に回収されることもなく、あくまで解放感や清爽感を残すのみというところが「軽み」の印象を生んでいる。

「軽み」が句材の軽量さともかかわっているのではないかという私の考えは、言葉遊び的な愚論に聞こえるかもしれない。しかし、音数の極度に少ない俳句では、一言一句が散文に置いたとき以上の意義を持つ。重力に逆らうもの、軽いもの、浮つくものが題材として詠まれていれば、一句全体の印象にも必ずかかわってくるはずなのだ。

もちろん、軽い題材は、小鳥に限らない。芭蕉晩年の軽みの例を、『炭俵』所収の句から拾ってみよう。

鞍壺に小坊主乗るや大根引

この句は「大根引」という新しい季語を詠みこんだ句として知られているが、やはり「大根畑」では軽みが出ないのである。「大根引き」という季語を用いて、大地から大根を引き抜くという、重力に逆らう所作を描いているところが、「軽み」の印象につながっているのではないか。それだけではない。そのほとりの、農夫の子供であろう、作業の間、馬にちょこんと乗せられている「小坊主」も、まるでふわふわと浮かんでいるような軽やかさだ。ここで「鞍壺に乗る小坊主や」ではなく、「鞍壺に小坊主乗るや」であることは、ただの語呂の良さの問題ではない。「や」の切字を「乗る」の動詞に付して強調することで、小坊主という物象よりも、「乗る」という状態に力点が置かれている。

大根を引くことも、また幼子を馬に乗せることも、ともに重力に逆らう所作であることに注目したい。大根が空中にさらけだされるのも、また幼子が馬に乗っているのも、ほんのわずかな時間ではあるが、重力にとらわれないわずかな時間がこの句に詠みこまれていることが、意義深いのである。

煤掃《すすはき》は己が棚吊る大工かな

年末の煤掃きの折には、ふだんは仕事をしている大工にも暇が出来、自宅の棚を吊るという軽作業に勤しんでいる、という内容であるが、本来は重みがあるはずの木板を使って棚を吊っているというところに、重力からの解放感があり、それが煤掃きの大工のゆとりある気分にも通い、さらには一句全体の軽妙な印象――すなわち「軽み」にもかかわっている。江戸時代は職人たちが盛んに活躍した時代であり、そこに取材をすることが俳諧でもあったわけだが、煤掃きの暇を持てあましている職人として、寿司職人でも紙漉き職人でもなく、大工が選ばれていることは、たまたまではない。大工とは、重力に逆らって木を持ち上げ、いわば木を中空に固定する仕事だからだ。日常の仕事では、家屋を作るために相当な重量を持つ木材を担いでいる彼が、いまは棚を吊るだけの軽量な木材を扱っているというのが、歳末の気分をいよいよ盛り立てるのである。

寒菊や粉糠《こぬか》のかかる臼の端

ここにはボルヘスのいう「コントラスト」が明らかだ。米搗《こめつ》きのたびに石臼から舞い上がる粉糠が、寒菊にふりかかっているという農家の庭先を舞台にしている。米搗きを提喩的に表した「臼」は、盤石であり重厚、その臼から舞いあがる「粉糠」、そしてそれが降りかかった「寒菊」は脆くて軽量、両者のコントラストが印象的だ。

梅が香にのつと日の出る山路かな

この句で注目するべきは、のぼる日に「重さ」を見るような、その独特の「のつと」という擬態語である。朝日の重量感、そして「山路」をやってきた体の疲れ、それらの「重さ」があるからこそ、すべての「重さ」を忘れさせてくれるような「梅」の清雅な「香」の尊さが実感されるのだ。

春雨や蜂の巣つたふ屋根の漏り

雨とはすなわち、重力にとらわれた水分のことであるわけだが、それが軒先の蜂の古巣を伝わることで、やわらかな曲線を帯び、いかに荒々しい雨であっても、優しく静かないかにも「春雨」らしい雨垂れとなる。空っぽの軽い巣が、重力を緩衝しているのだ。

『炭俵』から軽みの例をいくつか拾ってみた。もちろん、晩年のすべての句が「軽み」でくられるわけではないが、対象の重量についての深い関心が芭蕉にあったことはあきらかだろう。

そしてそれは、必ずしも晩年に限ったことではない。

初雪や水仙の葉のたわむまで　　『あつめ句』貞享三年

その年にはじめて降った雪が、水仙の葉に積もっていく。「初雪」であるから、確かな雪の粒ではなく、いずれは消えていくほどの軽やかな粒だ。そうはいっても、水仙のしなやかな葉をたわませるほどの重さはある——きわめて繊細な感覚でもって、「初雪」の重量を捉えている。

古池や蛙飛びこむ水の音　『蛙合』貞享三年

高名なこの句においても、重力への敏感さは発揮されている。「飛びこむ」とは重力を利用して上から下へ移動することであり、水と接する瞬間に生まれたかすかな「水の音」を通して、蛙の軽さが感じられてくる。その小さく軽い「蛙」が、世間の春を代表しているところがこの句の妙味であり、蛙の声ではなく跳躍に関心を向けた芭蕉の重力への関心なくしては、この句は詠まれ得なかった。

正確にいえば、従来からあった対象の重量感への関心が、晩年「軽み」を意識するにあたって、対象の「軽さ」を感じさせることで一句全体の「軽み」の印象につなげようとしていたというべきだろう。

では逆に、「重さ」の際立つ句とは何か。冒頭にあげた鳥の例をもう一度持ち出してみたい。糞をして、かろやかに舞い上がっていく鶯が軽みなのだとすれば、次の句の烏や雁などは、その対極といえる。

枯れ枝に烏のとまりけり秋の暮　『あら野』

この句は、木の枝に静止している烏を詠んでいるが、その背景となる「秋の暮」もあいまって、いかにも重々しい。重力に耐えて、じっとしているところを捉えたのが、侘しい「秋の暮」の情感に通じているのだ。「枯れ枝を烏舞ひけり」ではなく、あくまで「とまりけり」と重力に逆らわずにじっとしている烏を詠んでいることは見過ごしにはできない。

病雁の夜寒に落ちて旅寝かな　『猿蓑』

この句が近江八景のひとつ「堅田落雁」を踏まえたものであることは明らかだ。

峰あまた越えて越路にまづ近き堅田になびき落つる雁がね　近衛信尹《のぶただ》

「堅田落雁」を詠んだ周知の和歌であるが、芭蕉の句では、この和歌のように雁が優美に水辺に舞い降りるのではなく「落ち」ていくことに注目したい。同じ「落雁」の言葉を契機にしていても、雁たちが自発的に降りていくのか、それとも力尽きて落ちていくのかには、大きな差がある。
飛翔に疲れた雁がおりることもまた、重力に支配される存在の宿命といえるが、ここでは病によって力尽き、「落ち」ていくということで、どうしようもなく我々を縛る重力が、いっそう強調されているのである。そして落ちていった先には「旅寝」の自分がいるのであるが、この「旅寝」している者がおそらくは病臥していることは、「病雁」の「病」に暗示されている。「落ちて」「寝」と重ねられた展開は、重力に屈するものの道程として納得がいくものである。そしてこの句を「鶯や」と並べてみれば、あきらかにこちらは重苦しい印象を持っていて、そのことと句の中で重力の働きが強調されてることと無縁ではない。

芭蕉にとって重力は特別な意味を持っていた。それはたとえば次の句に、端的に表されている。

草臥《くたび》れて宿借る頃や藤の花　『笈の小文』

一日中歩いて引きずるように重くなった体と、けだるく垂れた藤の花との間に、通じるものを感じて詠まれている。心身の疲労感を、藤の花の重さで表そうとした発想は非凡である。春、路傍の花がさまざま咲き乱れる中で、「藤の花」を選んだ選択眼が確かだ。

この句は、紀行文『笈の小文』では、次のような文のあとに掲げられる。

旅の具多きは道さはりなりと、物皆打捨たれども、夜の料にと、かみこ壱《ひと》つ・合羽やうの物・硯・筆・かみ・薬等、昼笥《ひるげ》なんど、物に包《つつみ》て後に背負《せおい》たれば、いとゞすねよはく力なき身の、跡ざまにひかふるやうにて、道猶すゝまず。たゞ物うき事のみ多し。

なぜ芭蕉が重力に敏感であったのか、その一端をここに読み取ることができる。重力をもっとも感じるのが、旅であるからだ。ふだんの生活圏の移動ではさほど感じないような重力の存在が、もろもろの荷を背負い、長距離を歩くことによって、ひとしお痛感される。愛した弟子との、花の吉野への旅とはいえ、さまざまな生活用品を背負い、なおかつ虚弱の身とあって、いかにも疲労していることが、この文からはうかがえる。ここでいわれる「旅の具」にはもちろん、人生につきまとう煩わしい雑事という形而上的な意味合いも読み取れる。芭蕉にとって重力というのはただの物理現象ではない。心を疲れさせ、「うき」状態に陥れる力であり、そこからの解放を願わざるを得ない力なのであった。

そのような芭蕉にとって、「軽さ」がどのような意味を持っていたのか。次の句には、如実にそれが示されている。

ものひとつ瓢《ひさご》は軽き我が世かな　『随斎諧話』

芭蕉庵の瓢には、弟子たちによって日々米などの食糧が入れられた。その瓢に友人・山口素堂が「四山」という銘を与え、その記念に綴られた一文に添えられた句である。何も持たない清貧の暮らしを、「瓢」の軽さに寓意している。「重さ」と「軽さ」は、コントラストの際立った印象的な俳句作りに加えて、芭蕉自身の人生にも重要な意味を持つ概念だった。「重さ」「軽さ」は、絶対的なものではない。素堂の詩「瓢之銘」には、「一瓢重黛山」とあり、芭蕉もこれに共鳴している。てのひらにかるがると持てるひとつの瓢も、大切にすれば、中国の名山「泰山」ほどの重さを持つ。

軽いものが重い意味を持つこともあり、逆もしかりだ。「重さ」「軽さ」も、心映え次第ということだ。重力に左右される人生を、芭蕉は望んでいない。

ただし、見せかけとはいえ、重力は侮れない力だ。ときに人を傷つけ、命すらも奪う、おそろしい力でもある。

歩行ならば杖つき坂を落馬哉　『笈の小文』

「杖つき坂」とは、現代の四日市市采女から鈴鹿市石薬師町に至る東海道にみられる坂をいう。倭建命が東征の帰りにここで疲労で杖をついたのがその名の由来で、支考の『笈日記』に載る詞書によれば、芭蕉はここを馬で登ろうとした際、荷鞍がひっくりかえって、馬から落ちた。こうした旅の苦労が、芭蕉に重力の恐ろしさを植え付けたのであろう。

桟《かけはし》や命をからむ蔦葛　『更科紀行』

木曾路の難所を詠んだ句である。危なげな板の橋にまとわりついた蔦葛を、命がけで絡みついているといったことで、そこを渡る自分自身も命を落とすかもしれないという決死の思いを訴えている。高所では、重力が命を奪うこともある。「命をからむ」というやや大仰ともいえる表現は、芭蕉がいかに重力に敏感であったかの証左だ。

人の心身を弱らせ、ときに命をも奪う重力。だからこそ、重力に耐えて堂々と存在している者に対しては、芭蕉は大いに信頼を寄せる。

まづ頼む椎の木もあり夏木立　『猿蓑』

新しい庵に入ったときには、そこに立つ重量感ある椎の巨木に、信頼の心を寄せている。これは、椎の木が日差しを遮る心地よい空間を作ってくれるからというばかりではあるまい。重力を超越した大樹に対する敬意を含めての「頼む」であるのだ。

六月や峰に雲置く嵐山　「杉風宛真蹟書簡」

『おくのほそ道』所収の「荒海や佐渡に横たふ天の河」「雲の峰いくつ崩れて月の山」に匹敵する、勇壮な風景句である。この場合の「六月」は、梅雨の明けた夏の盛りであり、嵐山の上に入道雲が居座っているという、いかにも重量感のある内容である。その重量感が、真夏の生命感に転嫁されているところにこの句の真髄がある。自然の中に見出される山麓や海原、星や月や雲など、重力を超えて存在するものへの賛嘆があるからこそ、芭蕉の風景句には迫力がある。

「枯れ枝に」の句をはじめ、いくつか重みのある題材を扱った句を見てきたが、いずれも重い印象はあるにせよ、深刻や真面目さばかりではない。病と孤独の苦しさを感じさせる「病雁」の句にせよ、「落ちて」から突如「旅寝」に転換する唐突さには、可笑しみすら漂う。芭蕉がそれだけ重くなりすぎる事態を回避しているということでもあろうが、俳句という詩型そのものがその本質的な俳味でもって、深刻さや真面目さを回避するということがいえるだろう。
次の句には、重力の支配と同時に、そこからの解放が詠まれている。すなわち、先ほども触れた、重さと軽さのコントラストである。

蛸壺やはかなき夢を夏の月　『笈の小文』

「蛸壺」は、蛸を捕らえるために海の底に沈ませておくものであり、重力に支配されているものであるが、その中で眠っている蛸が見ている「はかなき夢」は、重力のしがらみに絡めとられることなく、はるか上空の涼しげな「夏の月」まで飛翔する。重力の支配とそこからの解放といっても、私たちは生きている限りは地表に縛りつけられているのであり、現実的には解放されることは起こり得ない。解放されるとしたら、それは「夢」、すなわち心の働きによってしかありえないのである。
そのことは、同じく「夢」を詠んだ次の句がよく表しているだろう。

旅に病んで夢は枯野をかけめぐる　『笈日記』

「たましいの自然な動きはすべて、物質における重力の法則と類似の法則に支配されている」――フランスの哲学者シモーヌ・ヴェイユは人間の魂を貶《おとし》める力を重力と捉えて、そこからの解放はおのれを「真空」にして、神の恩寵で埋めるほかないと説いた（田辺保訳『重力と恩寵』ちくま学芸文庫、一九九五年)。芭蕉は、重力に支配されている「病んで」という状況から、重力から解放されて「かけめぐる」に至るために、神の恩寵ではなく「夢」という想像力にすがった。

鳥の翼とは異なり、「夢」などというものは不確かで、物理的に私たちを重力から解き放ってくれるわけではない。だが、「夢」の範囲には限りがなく、時間をも超えて、どこまでもはばたく。翼なき人間が、この地上でどのように生きていくべきかを、芭蕉はこの短い言葉の中で言い切ってみせた。

明るい器　――死を詠む・その1

生まれた時から日本に住んでいる人にとっては、それが当たり前になっていて、だれかが「自販機が路面にあるのは珍しいですよ」とか「バスや電車が時刻通りに来るのを当たり前と思わないほうがいいですよ」などと外国の人に言われないと、気づかない。それとおなじように、俳句に慣れ親しんだ人には、かえって俳句の特色が見えてこないものだ。「現代詩手帖」二〇二一年十月号で定型詩にまつわる特集があった。ふだんは詩を書いている人にアンケートを取り、「詩作をする上で、短歌や俳句などの定型を意識する、あるいは影響を受けることはありますか」という質問を投げかけている。これに、若い詩人の暁方ミセイは、次のように答えていた。

定型を意識するというよりは、俳句の、自分の下で色々いつまでもキープせず摑んだらすぐ投げるような潔さと、内容に関係なく感じる「明るさ」が好きで（意味が明瞭だというだけでなく、字面的にも、また空間としても）、我が詩にも欲しいと思いながら詩作しています。

とてもシンプルな指摘なのだが、俳句をやってきた立場からすると、そうか俳句は「明るい」ものだったのだと、足元を照らされるような感慨を覚える一文だった。なるほど、どのように扱おうが重くなりがちな主題についても、俳句は妙な「明るさ」をたたえている。

雪はしづかにゆたかにはやし屍室《かばねしつ》　石田波郷
そこにあるすすきが遠し檻の中　角川春樹
気の狂《ふ》れし人笑ひゐる春の橋　照井翠

一句目は長期入院中の病棟、二句目は獄中、三句目は東日本大震災の被災地を舞台にした句である。いずれも極限的といってよい状況でありながら、沈鬱に傾いてはいない。理由のひとつには、季語を入れることで人間の苦悩が相対化されていることがあげられる。「屍室（死体を安置しておく部屋）」「檻の中」「気の狂れし人」という苦悩をもたらす現実はありながら、「雪」「すすき」「春」という季節の事象はそれとはかかわりなく存在している。自由を阻む壁であっても、そこに窓がひらけているか否かで、人の気持ちが大きく変わるのと同様に、季節の事情が一句の中に入るだけで、やるせない現実も緩和される。もうひとつは五七五の調べの軽快さがあげられる。リズミカルな五七五に言葉をのせ、テンポよく言葉を並べることで、どのような内容であっても楽しげに聞こえてしまう。これについては、作者のナマの声を託すために「自由律俳句」が生まれたことをもって、逆説的に説明できるだろう。

入れものが無い両手で受ける　　尾崎放哉
どうしようもないわたしが歩いてゐる　　種田山頭火

仮に一句目を「しぐるるや入れものなくて手で受ける」、二句目を「虹の下ゆくどうしようもないわたし」などと定型におさめてみると、本当らしさが一気に減じてしまう。呻きや悲鳴は、本来的に「明るい」俳句形式と、相性が悪いのだ。そこで、本心の声を再現したい俳人は、まずこの器を壊してしまった。

芭蕉はどうであろうか。彼の生きた江戸初期は、戦国時代が終わり、ようやく訪れた平和の時代である。彼個人の人生としても、寝たきりになったり、投獄されたり、災害にみまわれたりといったドラマティックな出来事が、あったわけではない。

芭蕉の人生において、いちばん大きな波乱とは、「俳諧師になった」ということそのものだった。たとえば紀行文『笈の小文』の冒頭で、俳諧の道に人生をささげたことを、自嘲気味に語っている。

百骸九竅《きゆうきよう》の中に物有。かりに名付て風羅坊といふ。誠にうすものゝ、かぜに破れやすからん事をいふにやあらむ。かれ狂句を好《このむ》こと久し。終《つい》に生涯のはかりごとゝなす。ある時は、倦《うん》で放擲《ほうてき》せん事を思ひ、ある時はすゝむで人にかたむ事をほこり、是非胸中にたゝかうて、是が為に身安からず。しばらく身を立《たて》む事をねがへども、これが為にさへられ、暫《しばら》ク学《まなん》で愚を暁《さとら》ン事をおもへども、是が為に破られ、つひに無能無芸にして、只此一筋に繋る。

昔から「狂句」、つまり俳諧を好んでいたために一生の仕事にしたが、それは何の能力もなくまともに社会参画できなかったからだ、と自分の人生をふりかえる口調は、いかにも自虐的だ。現代でいえば、作家や芸術家で身を立てたということであるから、誇らしいことのように思えるが、「予が風雅は夏炉冬扇のごとし。衆にさかひて用る所なし」（「許六離別詞」）、つまり何の役にも立たない俳諧稼業に身をなげうつことは、本意ではなかったのだ。ただし、これが自虐ばかりではないということは、これに続く一節に明らかだ。

西行の和歌における、宗祇の連歌における、雪舟の絵における、利休が茶における、其貫道する物は一なり。

西行や宗祇、雪舟や利休といった一流の芸術家の名をあげつつ、あらゆる芸術は同じところをめざしているという。自分は彼らに匹敵するようなクリエイターであるといわんばかりだ。芭蕉の自虐は、矜持と隣り合わせであった。さらに続く部分を引用しよう。

しかも風雅におけるもの、造化にしたがひて四時を友とす。見る処、花にあらずといふ事なし。おもふ所、月にあらずといふ事なし。造化にあらざる時は夷狄《いてき》にひとし。心花にあらざる時は鳥獣に類ス。夷狄を出《いで》、鳥獣を離れて、造化にしたがひ、造化にかへれとなり。

物を見て美を感じ取れない人間は「夷狄（未開人）」や「鳥獣」に等しいという。ここは自戒の念も読み取れるが、やはり世間一般の人間がいかに実利に左右されやすいか、そして自分がいかに欲得から超越的に暮らしているかということを、誇る気持ちもあるだろう。ただ自分を卑下するだけではなく、美に殉じる自分への矜持もそなえている、そんな複雑な胸中がうかがえる。
そうした自嘲と矜持の入り交った心情は、句にはどう表れているだろうか。

月雪とのさばりけらし年の暮　『あつめ句』

『笈の小文』の冒頭部分の文章を、十七音で言い直すと、この句になるだろう。今年一年間、月よ雪よと風物の美にうつつを抜かしてきて、はや年の暮となった。世間の人々はそれぞれの仕事に励んでいるが、自分の仕事は何の役にも立たない俳諧師であり、そうした世間から見てみれば「のさばり」、つまり勝手気ままに暮らしているように見えるだろうと、自己分析を加えている。
このように散文に置き換えてみると、この句は自虐以外の何物でもない。この句にこめられた感情を複雑にしているのは――ひいては句そのものの味わいを深めているのは――まさに俳句本来の持っている「明るさ」である。暗い述懐であっても、定型の中におさめると、明るく聞こえる。意味だけ追っていたのでは見えてこないが、「のさばりけらし」という語調の勢いのよさは、「のさばっていたけれど」という逆接のニュアンスを伝える。自虐と矜持という相反する気持ちが一句にこもる。

五七五の器は、無色透明ではない。「明るさ」につながる暖色系の色がもともとつけられていて、盛られた言葉を、染めてしまう。

俳句の歴史をふりかえってみると、与謝蕪村や高浜虚子は、器の明るい色調を、うまく使った俳人といえる。彼らの句は、根底のところで明るいのだ。

狐火や髑髏に雨のたまる夜も　与謝蕪村
大寒や埃の如く人死ぬる　高浜虚子

蕪村のおどろおどろしい題材も、虚子の非情な題材も、俳句形式に盛り込むことで、不思議に明るい色調を帯びる。彼らは、器の「明るさ」を塗りつぶしてしまうほどの、絶望、辛苦、苦痛はそもそも対象としない。虚子の「俳句は極楽の文芸」という言葉は、彼が俳句という器の取り扱いに慎重であったということの証左だ。

これに対して、松尾芭蕉や小林一茶、加藤楸邨といった俳人は、ときに形式の「明るさ」を内容の「暗さ」が越えてしまうことがある。彼らは、器の色を消してしまうほどの言葉を盛り込んだり、ときには器が割れてしまうことも厭わないで自分の主情を盛り込もうとしたりした。言い換えれば、彼らは俳句形式に対する挑戦者であった。

酒のめばいとど寝られね夜の雪　　芭蕉
露の世は露の世ながらさりながら　　一茶
死ねば野分生きてゐしかば争へり　　加藤楸邨

芭蕉の句の底なしの孤独、一茶の子を失った絶望、楸邨のペシミズムは、いずれも「明るい」とはいえない。しかし、俳句という「明るい」器に盛り込まれることで、独自の色調を帯びている。もし散文にしてしまえば、これらの句は、ただ重苦しい現実を述べただけにすぎなくなる。俳句という器に盛られているからこそ、単純な解釈を拒み、作品としての奥行きと深みを宿しているのだ。器に合う言葉も、合わない言葉も、ともに取り込んでしまうからこそ、俳句形式は長大な時を超えて、多様な個性と適応してきた。

そもそも、元禄期に生き「芭蕉」と名乗った伊賀人・松尾宗房とは、どんな人間であったのか。芭蕉自身の書くものには「虚」の要素が強く、その仮面の内側の素顔は、なかなか見えてこない。

二世市川團十郎の日記『老の楽』にある次の記述は、虚構的側面の多い芭蕉の、ナマの人間像を伝えていて興味深い。日本橋界隈の其角の家に、同門の嵐雪や破笠の三名が同居していた。三人ともまだ若いころで、定職に就くこともなく、その日暮らしのならずものどもである。團十郎が破笠から聞くところによれば、彼らは師である芭蕉と距離を置いていたらしい。

嵐雪なども、俳席の外は翁をはづし逃など致し候よし。殊《こと》の外、気がつまりおもしろらかぬ故也と。

嵐雪はじめ、其角も破笠も、俳諧の席のほかには芭蕉と一緒になることはしないで、姿を見つければ逃げ出していたというのだ。放蕩者の三人にとっては、芭蕉はあまりにストイックで、気づまりだった。

芭蕉という人物は、けっして元来明るい性格ではなかったことが、この記述からはうかがえる。その意味で、彼の真の友人は、俳諧をおいてほかになかった。

ひととき、芭蕉は人払いをして、庵にこもったことがあった。そのときに書かれた「閑居の箴《しん》」は、孤独を訴えたあとで、次のように続く。「庵の戸をおしあけて、雪を眺め、又は盃をとりて、筆をそめ、筆をすつ」。酒と同列に並べられているのが、筆を執るということ。俳人にとって、筆――つまり言葉を紡ぐ営みが、孤独の妙薬として与えられている。句を詠み、文を書くことによって、長い雪の夜を乗り越えていくのだ。

俳句の明るさは、人の魂を救ってきた。

たとえば俳人・上田五千石は、青年期に患っていた神経衰弱が、句会に出るようになってから快癒したという(『春の雁』邑書林、一九九三年)。同じく俳人の長谷川櫂は、がん告知を受けたが、「俳人にとって世界で起こるすべては、自分自身や家族や友だちのことであれ、俳句の素材にすぎない」と割り切っている(『俳句と人間』岩波新書、二〇二二年)。

現代の介護施設や医療施設、刑務所などで、俳句作りのカリキュラムが取り入れられているというのも、作りやすさに加えて、俳句の持つ独特の「明るさ」が起因しているだろう。

俳句が「明るさ」を本質とするのは、いわゆる「座の文学」であり、同好の士とともにグループを結成する特徴に由来する。短歌や現代詩、小説でも、いわゆる「読書会」が催されることがあるが、俳句ほどに盛んではない。俳句は共同制作の文芸であり、そこでは「我」にこだってはいられない。「我」という存在の矮小さを、国木田独歩は「膜の中」(「死」)、北村透谷は「悲しきLimit」(「人生に相渉るとは何の謂ぞ」)と呼んだ。句座は、そうした矮小さをひととき忘れることができる。たとえ天に跳ねあがりたくなるような喜びや、地を舐めたくなるような悲しみであっても、それを自己を超えた視点で、冷静に見定めるのが俳人なのだ。

では、俳句は「死」をも明るく詠めるだろうか。

もっとも人間にとって深刻で、重い問題は、死である。逃れられない死を、いかに受け入れるのかは、多くの文学作品のテーマでもある。

芭蕉の場合は、どうであろうか。『野ざらし紀行』は、郷里の母の死を旅立ちの契機のひとつとしており、全体に死の気配が濃厚な紀行文である。開幕の一句は、

野ざらしを心に風のしむ身かな

であり、旅の果に野末の白骨となってもかまわない覚悟で旅立ったことを表明している。一見するところ、悲壮な決意の句にも見えるが、この句も「明るさ」を底に持っている。表現の上から見ると、この句は「身にしむ」という季語を使っている。この「身にしむ」という季語の「身」と対照して「心」が導き出されており、表現上の工夫が凝らされているところに、余裕が感じられるのである。作者のナマの声というよりも、舞台上のセリフという印象がどこまでもついてまわる。また、内容の上でも、野ざらしを決意する悲壮さは、まだ風がしみていく身があることのありがたさと表裏一体であり、「冷たい風に吹かれているがそれはまだ肉が付いている証で白骨になっていないだけマシだ」という珍妙な安心感もこの句には含まれている。表現の上でも、内容の上でも、悲痛さ

を緩和する、あるいは相対化する仕掛けが施されている。

旅の途上、富士川のほとりで芭蕉は捨てられた赤子と対面する。いたいけな幼児にもむごたらしい死が訪れる世界の実情は、人類の永遠の課題である。ドストエフスキーの『カラマーゾフの兄弟』では、罪もない子供が虐待を受けているのに神が沈黙しているのをもって、イワンは自身の無神論の根拠としている。カミュの『ペスト』でも、無辜《むこ》の少年が疫病に冒されて死んでいく現実をまのあたりにした神父が、信仰心の揺らぎに直面する。どちらも、冗談や茶化しの許されない、緊迫の場面である。ところが、ここで芭蕉が詠んでいるのは、

猿を聞く人捨子に秋の風いかに

という句である。「猿を聞く人」とは、猿の鳴き声を哀れと聞いてきた中国の詩人たちをさす。捨て子が秋風に泣いているという現実をどう詩にすればよいのか、いにしえの詩人たちに尋ねる体裁をとって、自問している。これも痛切な問いかけであるが、唐突に「猿」が登場してくることで、事態の深刻さがいくばくか和らいでいる。また、川のほとりに捨てられた幼子からは、水辺にあらわれて人に霊験をもたらすという童子の姿をした神「チサ子」の伝承（民俗学者・柳田國男が取り上げ、桃太郎や一寸法師の原型とした）も思い合わされ、どこか昔話風の味わいもあり、やるせない現実に対してどこかズレている。答えてくれるはずもない相手に向かって「いかに」と問いかけている体裁も、どこか芝居がかっている。

やがて旅人は、母の遺髪と対面する。おおよそ、肉親の死は、自分の死と同等に、あるいはそれ以上につらいもののはずだ。芭蕉もさすがにここでは、慟哭の句を残している。

手にとらば消えん涙ぞ熱き秋の霜

「秋の霜」は、白髪のメタファーだ。「霜」は本来、冬の景物であり、まだ気温の下がりきらない秋にできる霜は、日がのぼればたちまち溶けて消え失せてしまう。母を悼んで泣く熱い涙にさらされて、たちまち白髪が溶けてしまうさまを、秋の霜の消えやすさに重ねているのだ。この句は五七五のリズムを大きくはみ出している。定型をはみ出すと、読者としては「それだけの思いがあったのだ」と受け取り、優先的に感情を読み取ろうとする。ややレトリカルではあるが、やはりここに読み取れるのは、あふれるほどの悲しみと悔やみの感情である。

芭蕉の母を偲ぶ句は、悲痛さと距離を置いているとはいえながら、やはり悲痛さを隠しきれてはいない。芭蕉は、死についてはかなり厳粛に扱っている。過剰に深刻になるのを避けてはいるが、死そのものを軽んじたり、茶化したりはしない。滑稽の要素も薄い。近しかった寿貞という女性が逝った折には、「数ならぬ身とな思ひそ玉祭」と追悼句を詠んでいる。『おくのほそ道』の旅で、会えるのを楽しみにしていた地元の俳人が亡くなったと聞いたときには「塚も動け我が泣く声は秋の風」と嘆く。人の死については慎重に扱い、「明るく」はなりきれない。それは俳句の本質とは相いれないが、芭蕉がこれほど多くの共感者を得ていることの理由でもあるだろう。多くの人間は、死を笑うほどに達観しては生きられない。人間が宿命的に持つ生老病死の苦しみに向き合い、呻きや悲鳴を俳句にすることも辞さなかったがゆえに、芭蕉は国民的な詩人となりえたのだ。

次の章では、さらに詳しく「死」と「我」の関係を見ていきたい。

あの死者は我——死を詠む・その2

「私の墓は、私のことばであれば、充分」（「墓場まで何マイル？」）という言葉を最後に残して、寺山修司は死んだ。

みずからの出生についても嘘をつき、作品の中で存命の母を殺した寺山。そんな寺山が、創作者としての人生の初期に選んだのが俳句や短歌という定型詩であったことは、偶然ではないだろう。仮の名で身柄を隠し、決まったルールの中で言葉を組み立てる定型詩は、本質的に「嘘の文芸」である。寺山は「覆面の結社の魅力。しかも、その秘密めいた文芸の腕くらべ」に惹かれて俳句をはじめたと、回想している（『誰か故郷を想はざる』）。

十代の寺山が作った句に、こんな作がある。

枯野ゆく棺のわれふと目覚めずや

枯野を葬列が通ってゆく情景だ。運ばれている棺には、死者である「われ」がおさめられていて、その「われ」が起きあがるのを恐れている誰かがいる。不可解な句だ。「棺のわれ」を、誰か別の

「われ」が見ているのだろうか。「われ」は死に際して分裂したのか、それとも、もともとこの世にふたりの「われ」がいたのか。

仮面をかぶり続けた寺山にふさわしい、奇妙な自我意識がある。

なお、寺山自身は口をつぐんでいるが、この句はあきらかに、次の句を踏まえているだろう。

旅に病んで夢は枯野をかけめぐる　『笈日記』

芭蕉の枯野は、寺山の枯野に続いている。思えば、芭蕉の句もまた、病み臥している自分とは別に、旅を続けようとしている自分がいて、その分裂をいっているようにも見える。異なる時代に生きた二人であるが、俳句を通して、通じ合うところがあったようだ。

芭蕉もまた、ずっと死を心に置きながら作句し、そして言葉によって自分を装った俳人であった。

本章では、芭蕉の「死」の句、そこに詠まれた「我」の意識について見ていきたい。

人が死に際して「辞世」を詠むという伝統がある。

中西進によれば、辞世の句を詠む習わしの源泉は、中国での臨刑詩と、禅僧の遺偈《ゆいげ》とに遡れるという（『辞世の言葉』中公新書、一九八六年）。臨刑詩は、政治的な理由で処刑されるときに残すもので、そこには成し遂げられなかった理念や伝えきれなかったメッセージが込められる。たとえば吉田松陰の和歌「身はたとひ武蔵の野辺に朽ちぬとも留め置かまし大和魂」などは、この系譜に当たる。だが、俳句はその短さ故に、社会的・政治的な理念を表明するのに向かない。

大岡信は、井原西鶴の「浮世の月見過ごしにけり末二年」や葛飾北斎の「人魂で行く気さんじや夏野原」を例に挙げ、これらの句に「一種洒脱な人生との別れ方」を見て、「遺偈の精神を平俗化した観があり、俳句による辞世にはこの態度で作られたものが多い」という(『俳文学大辞典』角川書店、一九九五年)。確かに西鶴や北斎の句はいかにも俳諧らしく、死という重い概念を笑いで包み込んで、お手玉にして遊んでいるような句だ。

では、芭蕉にとっては辞世とはどういうものであったのか。

平生即ち辞世なり。何事ぞこの節にあらんや。　路通『芭蕉翁行状記』

つね日頃に詠んでいる句は、すべて辞世のつもりで詠んでいる――この言葉は、死の床における芭蕉の言葉として伝えられている。俳人として、一句たりとも彫心鏤骨を怠ることはなかったという、矜持の発言だ。冒頭に掲げた「旅に病んで」の句も、かたわらの弟子に向かって書き留めさせた時に、わざわざ「病中吟」という前書も付している。旅の詩人の最期を締めくくるのにいかにもふさわしい句であるから、これを辞世の句と考える者が多いが、芭蕉自身にとっては辞世の句は存在しなかった。

しかし、それをもって、芭蕉にとってはもはや死は「おそるるに足らず」とばかりに超克されたと断じるのは早いだろう。それどころか、芭蕉ほどに死を意識した俳人はなかったといってもよいくらいだ。そもそも、芭蕉の経歴を鑑みれば、俳人として出発するそもそもの始まりに、死があった。

寛文六（一六六六）年、奉公していた藤堂家の当主、蟬吟が二十五歳で早世したことにより、後ろ盾を失った二十代はじめの宗房（のちの芭蕉）は、みずからの生き方をみずからで決めなくてはならなくなった。蟬吟から学んだ古典・俳諧の知識を恃《たの》み、当時の新興文化都市・江戸へと下っていったのは、その六年後だった。大いなる死が、俳人芭蕉を生んだのだ。

後年、ふるさとの伊賀上野に帰省し、蟬吟の息子に招かれてかつて奉公した家を訪ねた際に、本書冒頭に引いた次の句を詠んでいる。

さまざまの事思ひ出す桜かな　『笈の小文』

桜の木を仰ぎながら、かつての記憶を胸中によみがえらせている。芭蕉の作品全体からしても、抽象度の高い作品で、そうした芭蕉の人生を前提にしないと解釈しづらく、一句としての独立性が弱いという見方もできる。とはいえ、この具象性の低さ、イメージの結びづらさが、かえって「桜」という花びらもうすく花期の短い花のありように通じているともいえる。たとえ芭蕉の来歴を知らなかったとしても、この「さまざま」に、死が内包されていることは、ある歳月を生きてきた読者には、おのずから読み取れるだろう。

次に、芭蕉の人生においてエポックとなる死は、母の死である。天和三（一六八三）年、芭蕉四十歳の年の夏に、郷里で母が没し、翌年の秋に伊賀上野に帰省し、母の菩提を弔っている。のちにこの旅をモチーフにした紀行文『野ざらし紀行』がまとめられ、その中に母の死について深く嘆く芭蕉の姿を見つけることができる。

長月の初《はじめ》、古郷に帰りて、北堂の萱草《けんそう》も霜枯果て、今は跡だになし。何事も昔に替りて、はらからの鬢《びん》白く眉皺寄《より》て、只「命有《あり》て」とのみ云て言葉はなきに、このかみの守袋をほどきて、「母の白髪おがめよ、浦島の子が玉手箱、汝がまゆもやゝ老たり」と、しばらくなきて、

手にとらば消えん涙ぞ熱き秋の霜

「北堂の萱草」とは、中国では古く、母が北の離れに住み、萱草を植えたことに因む。ここでは、その萱草も霜枯れてしまったということで、母が死んでしまって長い時間が経ったことを訴えている。現実に、そこに萱草が植えられていたわけではないのだ。兄弟たちも、鬢が白くなり、眉根にしわが寄って、互いに命があったことをただ喜ぶばかり。「このかみ」とは長兄のことで、家を継いでいた松尾半左衛門である。その兄は、守り袋を浦島太郎の玉手箱になぞらえて、これを開けた

せいかお前の眉も白くなって、と悲しいユーモアで応じる。昔話でもおなじみの、開ければ一気に年月が押し寄せてくるという、あの玉手箱である。中に入っているのは、母の遺髪。それを詠んだのが、文章に続いて掲げられた「手にとらば消えん泪ぞ熱き秋の霜」の句で、「手に取ってしまえば熱い涙でもって消えてしまうだろう、この秋の霜のような遺髪は」といった意味。「霜」は本来、冬の季語であるが、「秋の霜」としたことで、よりこまかさ、儚さが強調された。加齢によって細くなった白髪についての、的確な喩えといえるだろう。

このくだりは、文章から句へのイメージの展開が鮮やかである。まずは玉手箱を出すことで、煙のイメージを示し、そこから句に移って、秋の霜が溶けるイメージを示す。玉手箱の煙のイメージが先行して示されているために、氷が水となり蒸発するときの煙のイメージに結びつきやすく、非現実的な句の内容に説得力を与えている。「手に取らば消えん」のあとにすぐさま「何が消えるのか」の主語を置くのではなく、「泪ぞ熱き」を挟んで「秋の霜」を置く一句の構成も巧みである。

なお、この数年後、ふたたび郷里の伊賀上野に戻った折には、

旧里や臍の緒に泣くとしのくれ

『笈の小文』

という句を詠んでいる。前書には「猶父母のいまそかりせばと、慈愛のむかしも悲しく、おもふ事のみあまたありて」とある。「父母」とあるが、やはり「臍の緒」である以上、より強く意識されているのは、自分と肉体的につながっていた「母」の方であろう。近代俳句ふうに、客観的に詠む

のであれば、中七は「臍の緒を手に」くらいでよいところを、「泣く」とまで言っている。過剰と思えるまでの、感情の迸《ほとばし》りだ。涙が干からびた臍の緒にふりかかることで、まるで胎内にいたころにつながっていたみずみずしい臍の緒に戻るかのようだ。

これらの句では、死を嘆き、悲しむという感情が前面に出ている。死という重いテーマに向き合うときに、死に向き合い、その思いを句にしたためている主体を、強く打ち出しているのがわかる。

もうひとつ、芭蕉にとって重要な死がある。元禄七（一六九四）年六月、深い関係にあった女性・寿貞が亡くなる。芭蕉の愛した女性だったとも、甥の嫁だったともいわれる人である。

数ならぬ身とな思ひそ玉祭　『有磯海』

「尼寿貞が身まかりけるときゝて」と前書がある。その死の報に際して書簡に吐露された言葉には「寿貞無仕合もの」「とかく難申尽候」「一言理くつは無之候」などとあり、只ならぬ思いを寄せていたことは間違いない。その寿貞の魂に向かって、取るに足らない身の上などとは思わないでくれ、新盆には心の底から悼んで祀るから、と呼びかけているのが、掲句である。感情の高ぶりは隠すべくもない。俳句につきものの余裕や韜晦《とうかい》とは無縁である。

芭蕉の人生において重要な、師、母、そして近しかった女性の死をあげた。もちろん、芭蕉の周囲にあった死はこればかりではなく、たとえば『おくのほそ道』の旅で直接会うことを楽しみにしていた地元の俳人・一笑の死を悼んだ「塚も動け我が泣く声は秋の風」なども記憶に残る。いずれも情動的で、超俗的態度とはいいがたい。

芭蕉の死生観に、中国の哲学者・荘子の思想がふかくかかわっていたことは、揺るぎない事実だ。「生や死の徒、死や生の始めなり。孰《たれ》か其の紀を知らん」（『荘子』知北遊篇）――すなわち、生は死の仲間であって、死は生のはじまりであり、荘子においては死と生は等価値である。しかし、芭蕉の句文からは、こうした超越的な態度を見て取ることはできない。

よく知られたエピソードに、荘子の妻が死んだときのものがある。『ビギナーズ・クラシックス中国の古典　老子・荘子』（角川ソフィア文庫、二〇〇四年）から野村茂夫による現代日本語訳を引用しよう。

荘子の妻が死んだ。恵子は弔問にいった。すると荘子は両足を投げ出して、盆をたたいて歌をうたっていた。思わず恵子はいった。

「あなた方お二人は、暮らしをともにし、子供を育てあげ、一緒に老年をむかえた仲ではないか。その妻が死んだからとて、泣かないのならまだしも、盆をたたいて歌うとは、ひどすぎやしないか」

荘子は答えた。

「それはちがう。女房が死んだ当座は、私だって心にぐっと来たさ。しかし女房のそのはじめを考えてみるに、本来は生命はなかったのだ。生命がなかっただけでなく、その形すらなかったのだ。いや、形がなかっただけでなく、その前には形を構成する陰陽の気すらなかった。

何もない、ぼんやりとした空間にあらゆるものが渾沌と混じりあっていた。それが変化して陰陽の二つの気となり、気が変化して形をもち、形が変化して人間としての生命をもち、いままた変化して、その本来のところである死へ帰ってゆく。これは、春夏秋冬の四季の循環と同じ繰返しではないか。

いま女房は天地という巨大な部屋に安らかに眠ろうとしている。それなのに私がギャーギャーと、女房の後を追って泣きわめけば、われながら運命というものを悟っていないことになる。それで泣くのはよしたのだ」

荘子の大局的な視点からは、もっとも近しい人の死ですらも、移り変わる自然のように、一つの現象として捉えられる。だからこそ、荘子は妻の死に際して、よろこび歌うという態度をとることができた。まさしく超俗的態度といえる。

しかし、すでに見た通り、近しい人の死に対して、芭蕉は大いに悲しみ、嘆き、万感の思いを俳句に込めている。韜晦や諧謔といった俳諧独自の要素は、鳴りを潜めている。

あらためていうまでもなく、この世は理不尽である。そして、死は、理不尽の最たるものである。

どれほど善く生きようが、人生には必ず死が待ち受けている。死というものの理不尽さに対して、芭蕉はぞんぶんに嘆き、苦しみ、抗おうともがいている。「それで泣くのはよしたのだ」(原文では「故に止めたるなり」)とはいかないのが芭蕉であり、それはまさに俗世に生きる私たちひとりひとりに近しい態度と言えるだろう。

死を詠んだ芭蕉の句は、私たち一般の人々の感覚に近い。共感を呼び、愛誦されるに足る。しかし、芭蕉の死への向き合い方は、ただ死という理不尽に翻弄されるというだけではない。死をテーマにした芭蕉の句を、ほかにも見ていこう。

やがて死ぬけしきは見えず蟬の声　『猿蓑』

「無常迅速」と前書がある。ここで「見えず」といっているのは、荘子のように「大鵬《たいほう》」(『荘子』逍遥遊篇)のような視点からの、大局的な捉え方ではない。あくまで地上的な視点から、蟬のすさまじい声に圧倒され、やがて待ち受ける自分の死を思っている「我」の存在が、一句の世界の中にはたしかに立っている。

そうした視点をもたらしているのは、「見えず」「声」と、二つの感覚が詠まれているからだ。短命で死ぬとは思えない蟬の盛んなる鳴き声を、視覚と聴覚、両面から詠むことによって、目を瞠り、耳を澄ませている作者の身体を生起させる。この句は「蟬」を詠んでいるようでありながら、それを詠んでいる「我」の存在をもはっきり感じさせるのである。

作者の存在を前面に出すことは、本来、芭蕉の良しとするところではなかった。芭蕉の対象把握は、芭蕉自身の言葉を借りれば「物我一智」（元禄七年正月二十九日付怒誰宛書簡）を旨とするはずであった。

静にみれば物皆自得す。

『蓑虫説』跋

「松の事は松に習へ、竹の事は竹に習へ」と師の詞ありしも、私意をはなれよといふ事也。

『三冊子・赤』

これらの言葉は一見、作者の内面の働きを否定するかのような言葉だ。対象となる物が先にあり、私たちの心はそれに従うだけでよいという考え方であり、近代俳句におけるポピュラーな価値観である「客観写生」に近い。しかし、一方では、

常風雅にゐるものは、おもふ心の色物と成りて、句姿定まるものなれば、取物自然にして子細なし。

『三冊子・赤』

とも述べている。こちらでは、思うことが物のかたちを取ると言っている。思いが、物に先行して存在するのだ。

これまで見てきたように、死を扱った芭蕉の句では、対象をありのままに写し取るというよりも、対象を通して自分の悲しみを表現している。近現代の俳句では、前者の方に偏りがちであるが、後者——作者の内面が対象を通して伝わってくるような句も、芭蕉はけっして否定していたわけではない。

先の蟬の句を例にとれば、この句は盛んなる「蟬の声」を言っているようであって、同時に、死を意識しないで生きている「我」のことを言っているようでもある。ただ、蟬の声を写し取っているわけではない。また、同様に、「我」の人生の儚さを嘆じているだけの句でもない。物と我とは、相互補完的なもので、どちらか一方のみを重視するというものでもない。

さきほどあげた芭蕉の近辺でおこった重大な死にまつわる感情的な句——「さまざまの事思ひ出す桜かな」「手にとらば消えん泪ぞ熱き秋の霜」「数ならぬ身とな思ひそ玉祭」にしても、そこにある死の現実は、激しく感情に揺さぶられている「我」を打ち出すことによって、いっそう重みを帯びてくる。その意味で、これらは表現上計算された激情なのだ。

それは、次の句においても同様だ。

蛸壺やはかなき夢を夏の月
『笈の小文』

無常迅速のテーマは、さきほどの蟬の句と共通している。ここでは、感覚というよりも、蛸壺の中に安んじていても明日には引き揚げられてしまう運命の蛸を「はかなき」と認識する「我」が明らかだ。したがって、「はかなき」は蛸壺の中の蛸についても言っているようで、それを思いやっている「我」自身についても、同じことがいえる。蛸壺の蛸と、それを見ている作者自身は、重なり合っているようでも、離れているようでもある。それを明確に区別するのが近現代俳句のセオリーなのだとすれば、現代において俳句を作る者は、この句が持っている深みを失っていることを危ぶまなくてはならない。

こうした、詠むものと詠まれるものとの緊張感ある関係性は、

夏草や兵どもが夢の跡
『おくのほそ道』

という高名な一句についても同様であり、歴史のかなたに消え去って夏草に変貌してしまったような「兵」たちは、同時に作者自身でもあるのだ。

少し変わったタイプの「死」の句も紹介しよう。次に掲げるのは、「骸骨画讃」と称される、芭蕉最晩年の句文である。

本間主馬が宅に、骸骨どものの笛鼓をかまへて能する処を画《えがき》て、舞台の壁にかけたり。まことに生前のたはぶれ、などはこのあそびに異ならんや。かの髑髏を枕として、終に夢うつゝをわかたざるも、只この生前をしめさるゝものなり。

稲づまやかほのところが芒の穂　『続猿蓑』

「本間主馬」は大津に住む能太夫で、丹野の号を持つ俳人でもあった。彼の家にあった骸骨たちが能を舞う画が、具体的にはどんなものであったかは定かではないが、当時民衆の間に流布していた「一休骸骨」の挿絵のように、骸骨たちが歌い且つ踊るさまを見せて、世の無常迅速を訴えるという、一種の宗教画だろう。黒死病に怯えるヨーロッパ中世の民衆から生まれた「死の舞踊（ダンスマカブル）」とも通底するこの画に感じ入った芭蕉は、『荘子』の至楽篇の一節「髑髏ヲ援キ枕《ヒ》トシテ臥リ」を想起して、生者と死者を分かつ明確な一線などはないのだと、「死を思え（メメント・モリ）」の訓戒を託して、一句を物した。

「稲づまやかほのところが芒の穂」の句は、しゃれこうべの目の穴から、芒が飛び出しているのを、折からの稲妻が青白く照らし出す、という情景である。髑髏の穴から芒が伸びているというのは「秋風の吹くにつけてもあなめあなめ小町とは言はじ薄生ひけり」と、野ざらしになった小町の霊が詠んだのを業平が聞きつけたという故事によるもの。芭蕉の句は、小町の歌に詠まれた情景を引き継ぎながらも、「かほ」という温かみのある血肉を感じさせる語を使い、それが目の一部分だけでなく、まるごと芒になりかわったかのように表現して、生から死への変化をより強調した表現になっている。また単に「芒」というのではなく「芒の穂」ということでより映像の解像度があがり、そこを一閃する「稲づま」も、無常迅速のメタファーというにとどまらず、景の不気味さ、異様さの演出として、格好の舞台装置となっている。

あくまで画讃であり、伝統的な小町落剝伝説を踏まえている点、リアリズムの句ではない。だが、芒を生やした髑髏が稲妻にしらじらと浮かびあがるというイメージは、死の表徴として強く訴えかけてくる。死体は、何よりもまず、気味が悪く、不快で、反面、滑稽でもある。無常観という形而上の主題に終始するのではなく、死体の現実という形而下の描写に拘《こだわ》ったところに、芭蕉独自の認識がある。そして、絵の中のしゃれこうべと、絵を見ている「我」自身との間には、やはりつかずはなれずの緊張関係がある。「かほ」という生者を思わせる語が用いられているからだ。「我」は、今は生きている。しかし、ふっとしたはずみで、絵のようなしゃれこうべになってしまう。死と隣り合わせで生きている人生の実感が、この句にはあるのだ。

以上、見てきたように、死をテーマにした芭蕉の句は多種多様である。だが、死という重いテーマと向き合うとき、一句における「我」の意識が、はっきりと前景化することは共通している。それは、芭蕉が晩年に提唱したとされる「軽み」の考え方とはあきらかに異なり、感情、感覚、認識の働きを、隠すことなく押し出した句であった。句を詠む「我」が、句の中にはっきりと立っていることで、詠まれる対象との緊張感ある関係が生まれる。「詠むものはすなわち詠まれるものでもある」という関係性を生み出すことは、死という万物に平等に訪れる事象を詠むにあたって、きわめて有効な方法なのだ。なお、この関係性は、寓意や象徴といったような自己と対象を明確に区別する関係性とは、根底から異なる。移ろいゆくものを、傍観者として眺めて無常観を抱くのではなく、移ろいゆくものの中に「我」も確かに存在することを認識し、当事者としてその運命を引き受けている。鳴きしきる蟬も、蛸壺に眠る蛸も、夏草に変貌した兵士たちも、稲妻に照らされるしゃれこうべも、ほかでもない「我」のありうべき姿であり、だからこそ、「我」との緊張感ある関係性を築くことが可能なのだ。

最後にひとつ確認しておきたいのは、芭蕉の句に表れてくる「我」の意識とは、芭蕉その人であるのか、という点だ。

もちろん、そのような読み方も可能であろうが、「仮面の誠実」の章で説いたように、芭蕉の句は芭蕉という一人間の境涯を背景にしないと味読できないものではない。

作品に「我」が明確に感じられることと、作者自身の来歴や所感が詠まれていることとは、イコールで結ばれない。「虚に居て実をおこなふべし。実に居て虚にあそぶ事はかたし」（『風俗文選』「陳情表」）とは、芭蕉自身の言葉である。「芭蕉」という俳号を名乗った時点で、句や文の中にあらわれてくる「我」は、松尾宗房そのものではないと見るべきだろう。

ここで、冒頭に引用した寺山修司の句と言葉を、もう一度思い起こしてみよう。

枯野ゆく棺のわれふと目覚めずや

この句にはじつは、初案があった。(注)寺山が、はじめに発表したのは、以下のような句だったのだ。

枯野ゆく棺のひとふと目ざめずや

棺の中にいるのが「ひと」であれば、単なるホラー・テイストの嘘くさい作品というだけで終わるだろう。推敲後には「われ」となっている。棺に入れられている自分を、眺めている別の自分がいる。「棺のわれ」と、それを見守っている「われ」との間には、緊張関係がある。「詠むものはすなわち詠まれるものでもある」という関係性を、イメージ化してみせたのがこの句なのである。棺の中の死者を、誰か名も知らぬ「ひと」とするのではなく、「われ」と仮想してみる。それは、現実にはおこりえない事態ではあるが、そうした虚構的イメージを作り上げることで、あの死者は自分なのかもしれないという緊張関係が生じる。虚構の力が、うまく生かされた一句である。

芭蕉もまた、言葉によって、虚構の「われ」を創造していた。それは、現実の「我」を超えた感情の力、認識の力を持った、強靭な「われ」であった。そのときはじめて、理不尽の代名詞である「死」と、緊張感ある関係を築くことができたのである。

天上的な視座から、死を一つの自然現象として捉えるのでもなく、地上的な視座から、再起不可能の絶望的な事態と捉えるのでもない。天上的な視座と、地上的な視座をともに持ちながら、天と地のはざまに確固たる「われ」の意識を携え、みずからの道を定めていく。そこに救済はもたらされず、カタストロフィーは起こらない。同じ意味で、絶望に陥ることもない。必滅の宿命を引き受け、限られた自分の生の時間を全うせんとする醒めた認識のあるばかりだ。自然がもたらす死の現実から目を逸らさなかった者だけが到達できる、稀有な境地があるのだ。

注　松尾牧歌『寺山修司の「牧羊神」時代——青春俳句の日々』（朝日新聞出版、二〇一一年刊）を参照。

痛みの詩学 ——旅

「永遠の旅人」「放浪の詩人」「歩行の達人」——芭蕉という人物が語られるとき、枕詞のように旅というキーワードが必ずついてまわる。しかし、現代人の多くにとっての旅と、芭蕉の旅とはあきらかに異なっている。

私たちにとっての旅とはもっぱら、日常の癒しである。仕事の日々ばかりが続くと、美しい景色や、旬の食べ物、まだ見ぬ人との出会いを欲する心が募り、インターネットでめぼしいところをあれこれ探し、交通手段を確保する。旅先には、できるだけ快適に、かつ、すばやく到着することが是とされている。楽しく、早く、らくちんに——これが現代人の旅の三大原則である。

こうした観光の旅と比較して、芭蕉の紀行文に書かれている旅は、どのように違うのだろう。名所旧跡を訪ねたり、由緒ある寺社に頭を垂れたり、土地の食べ物や酒に舌鼓を打ったり、温泉に浸かったり、地元の人々との交流を楽しんだり……というあたりは、芭蕉も私たちも変わらない。もっとも大きな差は、芭蕉が旅の辛さや苦しさを盛んに語っているところだ。

まず断っておきたいのは、芭蕉が紀行文において、旅の苦しみを相応に強調していたという事実だ。芭蕉が歩いたのは、参勤交代制の義務化に伴って整備された街道や宿駅である。もちろん道が悪かったり、宿が粗末であったりと、苦労もあっただろうが、私たちが紀行文から受ける印象よりも、現実の旅は安穏であった。問題は、なぜ労苦の表現を、実際以上に誇張してまで、あえて盛り込んでいるかということだ。

『笈の小文』の中に、興味ふかい一節がある。紀行文を書くことの意義について語っている一節である。

されども其所〳〵の風景心に残り、山館《さんかん》・野亭《やてい》のくるしき愁《うれい》も、且《かつ》はなしの種となり風雲の便りともおもひなして、わすれぬ所〳〵跡や先やと（略）

拙い筆ながらも、ところどころの風景や、粗末な山の宿、野の宿で苦しんだ思いも、やがては話の種となる、という。芭蕉にとっては、風景の美しさと、宿での辛い思いというものが、同様に「風雲の便り」となるというのだ。現代人にはなかなか理解しがたい考え方だが、それゆえに、現代人には思いもしない啓示を与えてくれる一節だ。

その言葉の通り、『笈の小文』では、おりおり肉体的苦痛について語られている。

寒けれど二人寝る夜ぞ頼もしき

天津《あまつ》縄手、田の中に細道ありて、海より吹上る風いと寒き也。

「天津」は現在の豊橋市天津、渥美半島の西にあたり、風の強い土地である。その田園の中を、名古屋の弟子の越人と共に進んでいく。目的は、やはり弟子である杜国との面談である。このとき杜国は罪を犯して、郷里の保美《ほび》村に蟄居していた。冷たい風に吹かれることで、二人の弟子への思いは、萎えるどこか、むしろいっそう滾《たぎ》っている。「寒けれど」といっているが、その裏に隠されているのは「寒いからこそ」なのである。肉体的な辛さによって、愛情がむしろ強化されている。キリスト教文化圏における、苦痛を神からの罰と捉える考え方とは、いかにも対照的である。また、郷里の伊賀上野に入るおりには、アクシデントに見舞われている。

馬かりて杖つき坂上るほど、荷鞍うちかへりて馬より落ちぬ。
　歩行ならば杖つき坂を落馬哉
と物うさのあまり云出侍れ共、終に季ことばいらず。

落馬という痛みの経験が綴られている。しかも、季語がないという異例のスタイルを取りながら、旅の労苦が強調されているのである。「杖つき坂」は東海道の難所のひとつで、ヤマトタケルが東征の帰りに疲労のため、剣を杖にして登ったという急坂。本来はヤマトタケルにならって杖を使って歩くべき「杖つき坂」を、馬で登ってしまったがために落馬してしまったのだという認識は、合理的な思考からずれている面白さがある。ここでは、苦痛を受けるみずからを滑稽化している。あるいは、荷物の重さという、現代の私たちにもなじみの苦しみにも、芭蕉は苛《さいな》まれている。

旅の具多きは道ざはりなりと、物皆払捨たれども、夜の料にと、かみこ壱つ・合羽やうの物・硯・筆・かみ・薬等、昼笥《ひるげ》なんど、物に包て後に背負たれば、いとゞすねよはく力なき身の、跡ざまにひかふるやうにて、道猶すゝまず。たゞ物うき事のみ多し。

草臥て宿かる比や藤の花

旅の荷物を最小限にしたはずなのに、その最小限の重さですら、よわよわしい自分にとっては過重であり、道が進まない。だらりと垂れた「藤の花」とのアナロジーで、身体の疲労感を訴えている。それほどでもない荷を、へろへろになりながら運んでいるみずからを戯画化している。しかし「藤の花」の配合はまことに優美であり、ただの戯画化というのではなく、まさにそこに「風雲の便り」を見出している。

このように、寒さ、痛み、疲れ、重さといった、肉体的な苦しみについての記述が、『笈の小文』には散見されるのである。それは、他者とのつながりや、自然とのつながりを確認する苦痛であり、ただ苦しみに嘆き悲しんでいるという単純なものではない。

従来、その情緒・思想と比べて、芭蕉が味わった肉体的苦痛については、さほど注目されてこなかった。たしかに、紀行文の全体の中で、けっして多くの文字数が割《さ》かれているわけではなく、主要なテーマとも言えない。だが、肉体的苦痛についての記述が、その思いや思想の記述を補強していることは間違いないだろう。さきほどの引用箇所でも、落馬の句の後に「物うさのあまり」とあり、荷物の重さに辟易したといっている後に「たゞ物うき事のみ多し」と記されていることを思い出したい。芭蕉の旅愁というものが、ただの気分というのではなく、肉体に根ざしたうち払い難いものであることを、私たちは紀行文を読みながら納得していくのである。

芭蕉の紀行文に見られる苦痛の表現は、読者によっては、重苦しく、大仰な印象を受けるにちがいない。芭蕉が旅の苦痛を強調していたことについては、同時代にも、批判的な見解があった。上田秋成が紀行文「去年《こぞ》の枝折《しおり》」（安永九〔一七八〇〕年）の中で、旅先であった僧の見解として語っている芭蕉批判は鋭い。

八州の外行浪も風吹きたゝず、四つの民草おのれ〳〵が業をおさめて、何〳〵か定めて住みつくべきを、僧俗いづれともなき人の、かく事触れて狂ひあるくなん、誠に堯年鼓腹のあまりとはいへ共、ゆめ〳〵学ぶまじき人の有様也とぞおもふ。

西行や宗祇の生きた乱世と異なり、太平の時代に生きる者が、わざわざ旅に出て苦労するなど、真似してはいけない生き方だというのだ。秋成には、芭蕉の紀行文に表れてくる苦痛の表現は、大仰で時代遅れに見えたのである。ただ、芭蕉は、奇矯な表現で耳目を集めるために、苦痛を叫んでいたわけではない。

芭蕉にとって痛みが、必ずしも厭わしいものではなかったことは、『笈の小文』の次の記述にも明らかだ。

跪《きびす》はやぶれて西行にひとしく、天龍の渡しをおもひ、馬をかる時は、いきまきし聖《ひじり》の事心に浮ぶ。山野海浜の美景に造化の功を見、あるは無依《むえ》の道者の跡をしたひ、風情の人の実をうかがふ。

ここでは、驚くべきことに、肉体的苦痛が、美景に触れたり風雅の人のあとをたずねたりといった、旅の楽しみと並んで書かれている。

長い旅の途上、かかとが傷ついて痛むことが、西行と同じだと、喜んでいる。

「天龍の渡し」とは、西行が天竜川を渡るとき、乗客がいっぱいだから降りろと船頭から鞭打たれた逸話を踏まえている。芭蕉が同じように迫害された体験をしたというわけではなく、旅にまつわる苦痛を、このように表現したとみればよいだろう。

「いきまきし聖の事」とは、法然の弟子であった証空上人のこと。女の乗った馬に堀に落とされたことでいきまいて怒ったが、急に恥じ入って帰っていったという『徒然草』に載る逸話である。芭蕉も、馬に乗りながら、落馬の恐怖にひやひやしたのだ。しかしそれも、旅の醍醐味だという。

古人にゆかりの場所に立って、はるかな昔を思う——そんな偲び方とは、次元が違う。この痛みは、古人も感じた痛みであるということをもって、旅の喜びや意義を嚙みしめている。つまり、芭蕉にとっての肉体的苦痛は、西行をはじめとする古人とのつながりを感じ得る道でもあったのだ。過去の人間たちとは、時代をへだて、場所をへだて、じかに接する術《すべ》はない。しかし、肉体の辛さを通して、つながることができる。苦痛とは、時間を超えた共通言語と言えるのだ。

現代に生きる私たちは、芭蕉よりもはるかに痛みの少ない旅をすることが可能になっている。少なくとも文明国にいるかぎりは、鉄道や車を利用すれば、自分の足を使う機会は最低限に減らすことができる。観光地にはたいてい、適度な温度と清潔さを保つホテルがいくつも並んでいる。旅の途中で、夜盗や追剝にあったことがある経験を持つ人は、稀であろう。私たちの「旅」から、「痛み」が切り離されてしまった結果、少なくとも思索あるいは詩作においては、大いに不利になっていると言わざるをえない。

歩くことについてふかく考察した作家のレベッカ・ソルニットは、ポストモダンの理論家が取り上げる身体が、身体性を欠いていることを指摘している。「その身体は悪天候に苦しめられることもなければ、異種の生物に遭遇することもなく、原初的な恐怖に駆られることも、大して興奮することもなければ、筋肉を限界まで酷使することもない」（東辻賢治郎訳『ウォークス　歩くことの精神史』左右社、二〇一七年）。そして、歩くことは世界を創り出すための方法と位置付ける。

歩くことが、事物の制作や労働と同じように備えている決定的な重要性とは、身体と精神によって世界へ参画することであり、身体を通じて世界を知り、世界を通じて身体を知ることなのだ。

芭蕉もまた、歩くことで自分の世界を創り出した詩人であった。弟子の許六にあてて、あるべき風雅人の姿について、次のように説いている。

古へより風雅に情ある人々は、後に笈をかけ、草鞋《わらじ》に足をいため、破笠《やぶれがさ》に霜露をいとふて、おのれが心をせめて、物の実《まこと》をしる事をよろこべり。

（「許六を送る詞」元禄六年）

芭蕉にとっては、「後に笈をかけ、草鞋に足をいため、破笠に霜露をいとうて」という肉体的な苦痛は、「物の実をしる事」につながるのであった。これはソルニットのいうところの「身体を通じて世界を知り、世界を通じて身体を知る」ということと似ている。

たとえば『おくのほそ道』の旅で生まれた、もっとも感動的な作といえる、

荒海や佐渡に横たふ天の河

の一句の前には、「此間九日、暑湿の労に神をなやまし、病おこりて事をしるさず」という、労苦についての記述が添えられている。越中の九日間の旅程の中で、暑さや雨によって病を得たので、何も書くことができなくなったというのだ。そうした苦痛を訴える文章の後に、「荒海」の句が出てくるという落差が、ここの読みどころであろう。汗をかき、疲れ、病む――こうした身体にまつわる劇的な体感が、芭蕉に新たな世界を認識させたのである。

肉体の痛みを知ることで、それがない状態の喜びもまた、いっそう深まる。先に取り上げた『笈の小文』の、痛みを通じて古人とつながる喜びに触れた部分に続き、

只一日のねがひ、二つのみ。こよひ能宿《よきやど》からん、草鞋のわが足によろしきを求《もとめ》んと斗《ばかり》は、いさゝかのおもひなり。

と述べている。自分にとっての望みはふたつ、それはよい宿を得ることと、歩くうちに痛みのないぴったりした草鞋を履くことだという。芭蕉の理想とする、無私無欲の生き方が、肉体的な苦痛から生じたものであることで、説得力を帯びてくる。

芭蕉においては、思想は、身体的経験と表裏一体なのである。だとすれば、芭蕉の旅とは、机上の空論を、路上の実論に変容させるための過程であったと言い換えられる。観念の具象化、あるいは想念の受肉ともいえよう。苦痛の体験を書きとめたことで「月日は百代の過客にして」(『おくの

ほそ道』）という「旅は人生である」というメタファーが、強固なものとして迫ってくる。

キリスト教圏においては、苦痛は神の罰であり、試練であった。聖書のエレミア書には、神の教えに従わない堕落したイスラエルの民に罰がくだされたことが記されている。

まことにヤハウェがこう言われた、

「君の破れはひどく、／その傷は癒し難い。

君の腫物《はれもの》を和《やわ》らげるものなく、／君を癒す薬はない。

総ての友は君を忘れ、／君の安否を尋ねる者はない。

なぜならわたしは仇《あだ》を撃《う》つように、／情知らぬこらしめをもって／君を撃ったからである。

その破れと、傷のひどい為に、／君が叫んだとて何になろう。

君の咎が大きく、罪が重い為に／わたしはこれらのことを君にしたのだ。

（関根正雄訳『旧約聖書　エレミア書』岩波文庫、昭和三四〔一九五九〕年）


ここでは、痛みは罪の代償として、神から与えられるものであり、ひたすらそれに耐えることが要求されている。

ドイツの思想家ニーチェは、超人的な意志の力によって、痛みを乗り越えようとした。

痛みは喜びでもあるのだ。（略）
君たちは、なにかひとつの喜びにたいしてイエスと言ったことがあるか？　おお、友よ、だったら、すべての嘆きにたいしてもイエスと言ったわけだ。すべてのものごとは鎖でつながれ、糸で結ばれ、愛しあっているのだ。

（丘沢静也訳「夢遊病者の歌」、『ツァラトゥストラ（下）』光文社文庫、二〇一一年）

ニーチェは、快楽を受け入れるのならば、苦痛も甘受するべきだという。超人的な意志の力によって、あらゆる運命を肯定しようとする態度は、芭蕉もニーチェも共通するところがある。

ニーチェは頭痛発作の業病を抱えていたが、芭蕉も内臓に持病を持っていた。「老杜にまされる物は、独多病のみ」（「櫓の声波を打って」詞書）というとおりである。こうした持病が、旅の中でいっそう悪化することもあった。にもかかわらず、芭蕉が旅をやめなかったのは、苦痛の果に、「物の実」（「許六を送る詞」）――すなわち、ものごとの真理を知る喜びが控えているからだった。近世文学者の田中優子は「俳諧」とは「絶えざる相対化」であると定義したが（『江戸の想像力』ちくま学芸文庫、一九九二年）、少なくとも芭蕉は、ある絶対的・普遍的な真理を求めようとしていたように見える。だから、芭蕉の句や文は、可笑しみだけではなく、悲壮感や凄絶感をたたえている。真理を見出すためには、苦痛も辞さないという狂気的な姿勢が、悲壮感を醸し出すのである。

冬の旅であったために、苦痛についての描写が多い『笈の小文』を取り上げてきた。そもそも、この紀行文は冒頭からして「百骸九竅の中に物有。かりに名付て風羅坊といふ」と、肉体と心の問題が関心事であることが示されている。そしてそのとおりに、肉体についての描写が種々見られた。常に肉体に根ざした話題があるために、観念や情緒が先走ることなく、時代を隔てた私たちにも共感できる部分が多いのだ。

芭蕉のほかの紀行文にも、肉体的痛苦にかかわる印象的な場面は多い。たとえば『野ざらし紀行』の冒頭部では、「江上の破屋を出づる程、風の声、そぞろ寒気也」とあってから、

野ざらしを心に風のしむ身かな

という句が掲げられている。「心」と「身」が対比されているので、素朴な物心二元論のようにもみえるが、「風がしむ」のは「身」ばかりではなく「心」も同じなのである。旅の果に白骨となる恐怖はあくまで「心」に起因するものであるが、それを秋風を受けて冷たくなる「身」と混然一体となっている。だからこそ、この旅で野ざらしの白骨になるかもしれないという芭蕉の恐れが、生々しく伝わってくる。

また、『野ざらし紀行』に芭蕉みずからが付した跋文には、

旅寝して我が句を知れや秋の風

という句が掲げられている。「知れ」の命令は、紀行文に触れる私たち読者に差し向けられている。秋風に吹かれながら旅をして、疲れた体を横たえる夜の辛さを知る者こそが、自分の句を本当に理解してくれるというのだ。「旅をして」ではなく「旅寝して」といっているところからも、「旅先で寝る」という肉体感覚が強調された表現となっている。「東海道の一すぢも知らぬ人、風雅に覚束なし」(『三冊子・白』)という言葉を残している芭蕉らしい一句である。世界の真理を知ろうとするには、観念のみでは歯が立たないということだ。歩行し、疲労するという身体の経験が、観念の手を取って、これまでになかった眺めを見せてくれる。

高名な紀行文『おくのほそ道』にも、身体的労苦にかかわる記述は多い。旅のはじめ、草加についたときからはやばやと、

痩骨の肩にかかれるもの、まずくるしむ。

と、旅の荷が重かったことの苦しさが語られている。

また、尿前《しとまえ》の関では、

蚤虱馬の尿する枕もと

という句を作っている。寝ようとしてもノミやシラミにたかられ、屋内に飼われている馬が勢いよく小便をする音がちかぢかと聞こえてくる。これもきわめて即物的な旅の苦しさといえるだろう。苦痛があってこそ体験できた喜びもまた、『おくのほそ道』には書かれている。

たとえば、石巻で「宿からんとすれど、さらに宿かす人なし」「漸《ようよう》まどしき小家に一夜をあかして、明《あく》ればまたしらぬ道まよひ行く」などという旅の労苦を語ったあとにたどり着いた平泉だからこそ、その高館からの眺めに「時のうつるまで泪を落としはべりぬ」という感動が生きてくるのである。平泉での感動の描写は、そこだけ見れば大袈裟にもうつるが、その土地を目指してはるかな道のりをきたことを思えば、腑に落ちるのである。

あるいは、月山にのぼるときの「雲霧山気の中に氷雪を踏てのぼること八里、（略）息絶身《たえみ》こごえて頂上にいたれば、」といういかにも苦しそうな描写の後に掲げられているからこそ、

岩に腰かけてしばしやすらふほど、三尺ばかりなる桜のつぼみ半ばひらけるあり。ふり積《つむ》雪の下に埋《うずも》れて、春を忘れぬ遅ざくらの花の心わりなし。

という雪を被ったミネザクラのつぼみを見つけた時のよろこびが際立つのである。これは、「実朝

も芭蕉もけっして『風景』をみたのではない。彼らにとって、風景は言葉であり、過去の文学にほかならなかった」（「風景の発見」、『日本近代文学の起源』）という柄谷行人への反論として、俳文学者・堀切実が取りあげた一節であり、対象を捉える目が高度に視覚的で、近代的な写生の先取りともいえる。悲壮感あふれる苦痛の記述と、開放的で美的な風景の記述とが交互に出てくることで、『おくのほそ道』は緊張感のある紀行文となっているのである。

いわゆる「吟行」と、「旅」との本質的な差異も、「痛み」の有無にある。

吟行は、あくまで俳句作りが目的であるから、日帰りあるいは一泊程度で終わるものである。俳句作りに労力と時間をかけなくてはならないから、わざわざ歩いたり、予定外のことをしたりすることはない。つまり、旅から痛みを抜いたのが吟行ともいえる。

苦痛を伴う「旅」から、苦痛の少ない「吟行」へ。俳句の歴史は、おおまかに、このような道すじをたどってきた。これは俳句の大衆化に大きな意義を持っていた。苦痛に耐え得る強靭な精神と身体を備えていることが俳人の条件なのであれば、それはごく一握りの者に限られてしまう。より多くの民衆へ俳句を普及させるためには、苦しい「旅」ではなく楽しい「吟行」のほうが都合がいい。

では、近現代において、苦痛と俳句とが無縁となったかというと、必ずしもそうではない。近現代においては主に、旅にかわり、病によって、俳句の言葉に苦痛が持ち込まれた。結核菌に冒された正岡子規、石田波郷は、その苦しみを俳句作品や散文に刻み付けた。

病床のうめきに和して秋の蟬　正岡子規
鰯雲ひろがりひろがり創痛む　石田波郷

いずれも、俳句らしいユーモアを伴いつつも、痛々しくこちらの身体に訴えかけてくる。苦痛は変わらず、俳句の種子でありつづけてきた。ただ、旅と比べて、肉体的移動を伴うことのない病から生まれる俳句は、一定の制限を受けることも確かである。子規は「病床六尺、これが我世界である」（『病床六尺』）であると自覚し、狭い空間においても自由に精神を羽ばたかせたが、少なくともその俳句の世界は、芭蕉に比べて卑近なものに終始したことは否めない。

芭蕉の緊張感ある紀行文に魅せられ、あまたのフォロワーが生まれた。その足跡をたどり、みずからも紀行文を綴る俳人は、いつの時代にも存在する。結果、正岡子規の「はて知らずの記」や、加藤楸邨のシルクロード紀行、現代でも黛まどかのサンディエゴ巡礼記など、かずかずの佳品が生まれた。そこには、苦しみに向き合うことで、新たな詩的イメージを見出そうとする芭蕉の思想が、確かに流れ込んでいることがうかがえる。たとえば、明治二十四（一八九一）年に子規が木曾路を旅したときの紀行文「かけはしの記」では、次のような苦痛の記述がある。

野の狭うとがりて、次第〳〵にはひる山路けはしく、弱足にのぼる馬場嶺、さても苦しやと休む足もとに、誰がうゑしか珊瑚なす覆盆子《くさいちご》、旅人も取らねば、ややこぼるゝばかりなり。

狭く険しい山道をのぼっていき、一休みしたところで見つけたイチゴによろこぶ子規の中には、確かに芭蕉の精神が流れ込んでいる。

俳句の歴史の先端にいる者は、「吟行」ではなく「旅」にこそ目を向けるべきではないか。それも、痛みを伴う「旅」に。難しいことではない。目的地の少し前の駅で降りて、足が痛み、肺が喘ぎだしても、歩けばよいだけなのだ。そこには想像以上の沃野が拡がっているはずだ。

価値を創り出す　――笑い

お笑い芸人「永野」に、珍妙なダンスを踊りながら、

「ピカソより～、普通に～、ラッセンが好き！」

と歌うネタがある。高い芸術的価値を持つと言われる「ピカソ」と、大衆的な人気があるが芸術的価値は認められていない「ラッセン」とを比較して、「ラッセン」を上位に置く。上位のものを、下位に引きずりおろすことで生まれる笑いである。

芭蕉の比較の句にも、同じタイプのものがある。

花木槿裸童のかざし哉　「真蹟画賛」

外で遊んでいる裸の子供が、花木槿を頭に挿して遊んでいる。貧しい、鄙《ひな》びた村の中で、こんな風景もありそうだ。句には書かれていないが、この句の背景には、

百敷《ももしき》の大宮人は暇あれや桜かざして今日も暮らしつ　山辺赤人『新古今和歌集』

の歌があることに、疑いはない。桜を頭にあしらって遊ぶ殿上人の優雅さと、花木槿を頭に挿して遊ぶ子供たちの素朴さを比較することで、「大宮人」を「裸童」のところまで引きずりおろしている。伝統美の粋とされている「桜」を、「花木槿」と比べる態度もまた、きわめて大胆だ。「永野」風に言い換えるのならば、「桜より〜、普通に〜、木槿の花が好き！」というわけで、あきらかに笑いを意識した句といえる。

このような笑いは、志水彰による笑いの分類によれば、「価値逆転・低下の笑い」にあたるだろう（志水彰・角辻豊・中村真『人はなぜ笑うのか——笑いの精神生理学』講談社、一九九四年）。俳諧はもともと、こうした「価値逆転」の笑いをひとつの特徴としてきた。芭蕉も若き頃に親しみ、その影響を受けた西山宗因の「談林派」の書物からは、「価値逆転」の作を容易に拾うことができる。

ながむとて花にもいたし頸の骨　　西山宗因『牛飼』

この句も、「桜」を引きずりおろしている。ターゲットとなったのは、桜を美の極致として高めた、西行である。

ながむとて花にもいたく馴れぬれば散るわかれこそ悲しかりけれ　　西行『新古今和歌集』

桜をぞんぶんに味わったからこそ、桜との別れが悲しくなる。悲しくなるならば、それほどに慣れ親しまなければよいのに、そうもいかないという、桜の美にとりつかれた者のジレンマを詠んだ歌だ。

この西行の歌を、宗因は容赦なくひきずりおろす。「いたく」（はなはだしいの意）を、「痛し」に読み替え、「そんなに長いこと桜を眺めていたら、さぞかし首の骨が痛くなったでしょう」と、虚像を実像で打ち破る。ひきずりおろすどころか、泥まみれにしてしまっている。夢が覚めたあとの、現実の冷たさがここにはある。冷たい笑いである。

芭蕉の笑いは、どこか違う。いったい、どこが違うのか。

俳諧が、笑いを特色とすることは、論を俟《ま》たない。では、俳諧の大成者とされる芭蕉は、笑いをどう捉えていたのだろう。『去来抄』の中に、興味深いエピソードがある。

予が初学の時、ほ句の仕やう窺けるに、先師曰、「発句は、句つよく、俳意たしかに作すべし」と也。試に此句を賦して窺ひぬれば、又是にてもと大笑し給ひけり。

去来が初学時代に、芭蕉に句の作り方を問うたところ、俳諧の特色をはっきりと出すといいと助言を得た。「俳意」には、笑いの要素が多分に含まれている。そこで去来が、笑いを意識した句を作ってみせた。それは、

夕涼み疝気《せんき》おこしてかへりけり　　去来

という句であった。「疝気」とは、腹痛のこと。夕涼みとしゃれこんでみたが、腹を冷やしてしまい、腹痛を起こして、早々に引き上げてしまった。コミカルな人物の所作を取り上げている。「夕涼み」の風雅に対して、「疝気」の卑俗を持ち出すところ、宗因の句の同様に、「価値逆転」の笑いである。

これに対して、芭蕉が「これではない」といって、大笑いした、というのが興味深い。芭蕉が笑ったのは、むろん、去来の句の可笑しさに笑ったわけではなく、去来の勘違いに笑ったのである。笑いをとろうとして、失敗したときにも笑いは起こる（いわゆる「スベリ芸」）が、それはあくまでイレギュラーな笑いだ。

笑いをとろうとすると、かえって笑いから遠ざかる。それは、万代不変の真理なのだろう。二〇〇〇年代にフジテレビで放送されていた「トリビアの泉」というバラエティ番組で、「『人が笑うという行為』を学問として研究している人達が作る一番面白いギャグは？」というテーマのもと、笑いを研究する大学教授らが集まり、考え得る最高のギャグを作ろうとする企画があった。

案の定というべきか、その結果生み出されたのは、多数の人間の前で「青年の主張。私は人一倍性欲があります」と宣言するという、まったく面白くもなんともないものだった。

このギャグも、「価値逆転」の笑いといえるだろう。「青年の主張」という、真面目な場で、「人一倍性欲がある」というきわめて私的な話題をする、という可笑しさを狙ったわけだ。むろん、「価値逆転」の笑いがいつもつまらないわけではない。だが、「価値逆転」の笑いが、露骨であるということは、否めない。そして、芭蕉がもっとも警戒したのは、この露骨さということであった。

俳句は短い。落語や小噺《こばなし》のように、じっくり語って聞かせ、一気に笑いを取るということはできない。一発芸のように、瞬間的な笑いを取らなくてはいけない。露骨になるのも、無理からぬことだった。弟子の其角などに比べて、芭蕉は笑いに対して、けっして積極的ではないようにみえる。芭蕉と同時代を生きた談林派の野口在色は、芭蕉の俳諧は「連歌の腰折」(『誹諧解脱抄』享保三年成立)だと批判した。その作風は滑稽味に乏しく、俳諧としては中途半端と映ったのだ。

一方で、芭蕉の句に積極的に笑いの要素を読み取ろうとする立場もある。たとえば深沢眞二が『芭蕉のあそび』(岩波新書、二〇二二年)の中で提案していることは、本文中から引用された、その帯文にあきらかである。曰く「芭蕉だって笑ってほしい、に違いない」。

深沢は「近現代の俳句が『笑い』を遠ざけて、実景実情の写生を通じ真率な境地を詠もうとしてきた」ために、芭蕉が句の中に仕掛けた遊びを看過してきたと問題提起する。そして笑いを生み出すさまざまな遊びとして「しゃれ」「パロディ」「もじり」「なぞ」を挙げつつ、芭蕉の句を論じていく。いずれも、「価値逆転」の手法と言えるだろう。たとえば「蛸壺やはかなき夢を夏の月」の句における「壺」という呼称が宮中の女性の住まいを指す言葉であることに注目して、これを『源氏物語』のパロディと見る。あるいは、「古池や蛙飛びこむ水の音」の、蛙が飛び込む理由として、説話集『袋草紙』に語られる風流人・帯刀節信の真似をして蛙の干物を作ろうと追い回しているからだとみる。

だが、笑いの多くが、先行文学との比較や、言葉のバックボーンに負うところが大きい以上、笑いにこだわると、芭蕉俳諧の射程はぐんと短くなってしまう。現代の一般的な読者、あるいは、外国の読者にとっては、解説ぬきに芭蕉の句の滑稽味は、通じない。俳諧師として、芭蕉が何らかの仕掛けを施していたとしても、その句が純粋な十七音の言葉のかたまりとして訴えてくる力があるからこそ、時代や場所を超えて、芭蕉の句は読まれ続けているのではないか。

「笑い」は芭蕉の本質ではないと述べてきた。しかし実際、芭蕉の句には笑えるものもある。「価値逆転」と見えるものもある。

もう一度、冒頭に取り上げた笑いの句を見てみたい。

花木槿裸童のかざし哉　「真蹟画賛」

この句については、「価値逆転」の笑いが企図されていることは確かだが、単に「木槿」と並べることで「桜」を茶化しているだけではない。

はだかの子供が、木槿の花を折り取って、頭に挿している――この句はある一枚の絵に対する「画賛」であるのだが、そのもととなった絵とはかかわりなく、言葉によって生まれるイメージに魅力がある。残暑、たまらず裸になった子供が、木槿を頭に挿して大人ぶっている。その無邪気さ、健やかさが、実にかがやかしい。やや唐突な連想かもしれないが、吉岡実の「青海波」という多彩なイメージが連続して生起する詩の、とある一節を思い出させる。曰く、

（木の葉の冠をした
　　裸の子供が
　　　金の笏《しやく》を持って現れる）

（『薬玉』書肆山田、一九八三年）

吉岡が芭蕉の「花木槿」の句を踏まえて書いたとは思えないが、芭蕉の「裸童」も、吉岡の詩句の「裸の子供」のように、卑俗さとともに、王侯貴族のような高貴さをあわせもっている。つまり、「桜」を「木槿」までひきずりおろしたのではない。「木槿」を、「桜」の位置まで引き上げたのである。

この句においては、桜の枝を挿した高貴な大宮人の風流美に勝るとも劣らないものとして、木槿を挿した田園の童子のエネルギッシュな美が見出されている。旧来の価値を塗り替える、新しい価

値が提示されているのだ。和歌の美のかわりに、俳諧の美を差し出しているといいかえてもよい。いってみれば「価値逆転」ならぬ、「価値創出」の句なのである。

こうした句を、芭蕉にはいくつも拾うことができる。

飯あふぐ嬶《かか》が馳走や夕涼み　『笈日記』

芭蕉は、去来の「夕涼み」を退け、自分では同じ季語でこんな句を作っている。前書によれば、弟子の家で、「田家」という題を出されて作ったという。貧しい農家であるから、大した献立も用意できないのであるが、旦那を思って一生懸命飯を団扇《うちわ》で冷ましている女房の、その眺めこそがうれしく、なによりの「馳走」だというのだ。雅俗の衝突という構図は「夕涼み疝気おこしてかへりけり　去来」と同様なのだが、大きな違いは、芭蕉の句が農家の夫婦の素朴な交わりをまだ見出されていない一つの「価値」として示しているのに対して、去来の句は風流の「価値」を否定するだけで、自身の句によってはなにひとつ「価値」を付け加えていないということだ。

鶯や餅に糞する縁の先　『葛の松原』

うるわしい声を愛でるべき「鶯」が、縁側の干し餅に糞をしていったという内容がいかにも滑稽だが、ただ「鶯」を引き下ろすことが目的ではない。「鶯」が声のみならず、「糞」も落とす存在であるという発見、そして干し餅を汚す嫌悪するべき「糞」も、この春の縁側にて眺められると、春の日差しの一部であるかのように輝かしく、美しいものに見えるという発見――春の祝福を受けた世界に向けて大きく開かれた目が捉えた二つの発見によって、いまだ名状されたことのない、風雅とも異なる「価値」が見出されている。

烏賊《いか》売《うり》の声まぎらはし杜宇《ほととぎす》　『韻塞《いんふたぎ》』

烏賊を売って歩く商人の声がやかましくて、待ち望んでいたホトトギスの声が聞こえない、と興じている。烏賊もホトトギスも、ともに初夏の風物であるのに、反りが合わないという面白さがある。庶民的な「烏賊売」によって、伝統的な景物である「杜宇」がひきずりおろされているかっこうだが、「杜宇」の「価値」が棄損されているとみるのは早計だ。ここでは、「杜宇」の「価値」は再生しているというべきだ。本来、初夏の季節感や声の鋭さを生々しく感じさせるはずだった「杜宇」という季語が、かずかずの詩歌に詠まれてきたことで退色していた――その言葉としての彩りを、芭蕉は取り戻すことに成功したのだ。

笑いのうちに、新しい「価値」が生み出される。その点が、前時代の俳諧と異なる芭蕉俳諧の開いた新しい笑いの姿であり、閉塞と衰退の現代においてこそ参照されるべき笑いといえるだろう。

十七音の俳論——俳句で俳句を語る

藤本タツキの読みきりマンガ「ルックバック」は、二〇二一年『このマンガがすごい！2022』の「オトコ編一位」に選出された、この年の話題作であるとともに、「なぜ創作をするか」という普遍的なテーマに向き合った作品である。漫画家を目指す小学四年生の主人公の少女「藤野」は、名前からしてあきらかに作者藤本の分身であり、彼女が作中で体験することには、ひりつくようなリアリティがある。たとえば教室で休み時間にも絵の練習をしている主人公に同級生がかける「中学で絵描いてたらさ……オタクだと思われてキモがられちゃうよ……？」というセリフや、友人の「京本」とタッグを組んで新人賞の佳作に入ったときの主人公の「これからもじゃんじゃん漫画描いて稼ぐし！」という欲望丸出しのセリフには、体験していないと書けないと思わせる真実味がある。「ルックバック」は、漫画家として生きていく苦しさや悩み、そして素晴らしさを感動的に描き、「マンガでマンガを描く」ということの可能性を感じさせる作品だった。

マンガでマンガを描き、映画で映画を扱い、詩で詩を語る——自己言及的な創作は、ともすれば関心の範囲が狭いとか、内向きであるとか、批判も呼ぶだろう。しかし、創作者がもっとも多く時間を費やし、それについてもっとも深く思考してきたのが、自身のかかわるジャンルである以上、それとまったく無縁に創作をすることなど、可能なのだろうか。自己言及的な作品にこそ、その創作者のエッセンスが宿っているといえないだろうか。

俳句で俳句を語る——そんな俳句も当然、ありうべきなのである。

芭蕉の場合はどうであろう。「発句」「俳諧」の語が入った句を抜き出してみよう。

発句なり松尾桃青宿の春　『知足写江戸衆歳旦』
杜若《かきつばた》われに発句の思ひあり　『俳諧千鳥掛《ちどりがけ》』
旅寝して我が句を知れや秋の風　『野ざらし紀行画巻』
藤の実は俳諧にせん花の跡　『藤の実』
顔に似ぬ発句も出でよ初桜　『続猿蓑』

このうち、一句目は宗匠として立机する際に、その所信表明として詠んだもの。ここから俳諧師として生活が始まっていくのを、連句（俳諧）のいちばんはじめに詠む発句になぞらえている。「発句なり」と句のはじめから断定口調で語り出すところや、自分の俳号を詠み込んでいるところなど、相当に力のこもった所信表明といえる。

二句目は、東下りの在原業平が「からころも着つつ馴れにしつまにあればはるばる来ぬるたびをしぞ思ふ」（いわゆる「折句」として「かきつばた」の五音が隠されている）と詠んだと伝わる八《やつ》橋《はし》近くの鳴海での吟であり、実際にこれを発句として歌仙が巻かれた。パロディによって生まれる笑いを狙った句とはいえ、和歌に匹敵するような俳諧を成そうという野心も透けて見える。

五句目は晩年の句で、年老いた自分にふさわしくないみずみずしい発句を詠んでみたい、と吐露したもの。「顔に似ぬ発句も出でよ」のフレーズがまず先にできて、取り合わせる季語を探していて、「初桜」を思いついたという（『土芳全伝』）。たしかにみずみずしい「初桜」は、理想の発句のメタファーとしてうまく機能している。サミュエル・ウルマンの有名な詩句「青春とは人生のある期間を指すのでなく、心の持ち方を指すものである」にも通じるような、前向きで力を与えてくれる一句だ。

これらは、遊び心に富み、俳句作りを純粋に楽しんでいることがうかがえて、ほほえましい。ただ、芭蕉の俳句観がうかがえるものとして注目したいのは、三句目と四句目である。

「旅寝して我が句を知れや秋の風」は、『野ざらし紀行』の画巻にみずからつけた跋文に出てくる句である。自分の句を本当に理解できるのは、秋風の中で旅寝した体験を持つ人に限られる、という。机上の概念からではなく、路上の体験から生まれたのが自分の句だと主張しているのだ。それは、「俳句とは何か」という命題に対する思索の結果といえる。

「藤の実は俳諧にせん花の跡」には、前書がついている。いわく、

関の住、素牛何がし、大垣の旅店を訪はれ侍りしに、かの「藤代御坂《みさか》」と言ひけん花は宗祇の昔に匂ひて

というものである。大垣に滞在中、素牛（芭蕉十哲のひとりである惟然の前号）が訪ねてきた。弟子になったばかりの素牛に対して、「藤代御坂」を詠んだ宗祇の句を引き合いに出しつつ、「俳句とは何か」を伝えたのである。宗祇の句とは、

関越えてここも藤代御坂かな　　宗祇

というもので、「関」とは逢坂の関のこと。逢坂の関を越えたところにも、藤で有名な藤代御坂に勝るとも劣らない見事な藤が咲いていたのを興じたものだ。しかし芭蕉は、優美とされている藤の花ではなく、そのあとに蔓からぶらりとさがった地味な藤の実こそを、俳諧に詠むべきなのだと言っている。これは、入門したばかりである素牛に対する句の形を借りた垂訓であり、同時に、芭蕉の俳句観を十七音に約めた箴言でもあるとみるべきだろう。

これらの句は、もちろんそれぞれの置かれた文脈に即した意味を持っているのだが、単独でも、芭蕉の俳句観をきわめて端的に表した作と言ってよい。これらは十七音のきわめて小さな俳論とい

うべき作である。

これらの句に詠まれている俳句や芸術についてのビジョンは、じつは文章によっても語られている。「旅寝して我が句を知れや秋の風」については、

東海道の一すぢも知らぬ人、風雅に覚束なし、とも云へり。

『三冊子・白』

という一文が思い出される。風雅を追い求める者は、東海道を歩いた経験がないといけないという、実感を重んじる立場の表明である。

これに対して、句のほうは、「秋の風」という季語を配したことで、冷ややかな秋の風が旅寝の床にしのびこんでくるという身体感覚が備わっている。俳論と句、どちらがすぐれているというのではない。俳論は、抽象化された観念が直截に伝わり、句のほうは、読者それぞれの体験に沿いながらしみじみと腑に落ちるようにできている。

あるいは、「藤の実は俳諧にせん花の跡」については、

詩歌連俳はともに風雅也。上三のものは余す所も、その余す所まで俳はいたらずといふ所なし。

『三冊子・白』

という文章に書かれていることと通じている。漢詩、和歌、連歌、俳諧はすべて季節に触発されて

作られるのであるが、漢詩、和歌、連歌の三つが取り上げない題材も、俳諧は取り上げるのだ、という。この文章を句に翻案したものが「藤の実は俳諧にせん花の跡」であるといえるだろう。俳論の方は、俳諧の特徴についての一般論が書かれているが、句の方は、「藤」というサンプルを出しながら、具体的な詠み方が示されている。

これらの句では、季節の風物（「秋の風」や「藤の実」）と絡めて自分の俳句観が表明されていて、より日常的な、素肌を通しての理解を促しているようだ。散文と韻文、それぞれの特質を生かしながら、手を変え品を変え、さまざまな表現を通して「俳句とは何か」を、芭蕉は考え続け、示し続けたのである。

また、直接的に「発句」「俳諧」という語が入っていない句についても、芭蕉が俳句を通して俳句とは何かを思索し、定義している句を見つけることができる。

一つの表れとしては、雪月花にかかわる語が入っている句である。

月雪とのさばりけらし年の暮　『あつめ句』
月か花かと問へど四睡の鼾《いびき》哉　「真蹟画賛」
月花の愚に針立てん寒の入り　『俳諧薦獅子集』

雪月花はいうまでもなく、景物の美の粋であるが、これらの句にはその美にとりつかれた俳諧師たるみずからの業が塗り込められている。

一句目は、年末になって一年を振り返ってみると、月よ雪よと勝手きままに風雅を追いかけてしまったという。「けらし」は、「けり」とほぼ同じ。「のさばる」という俗気の強い語が入っていて、自嘲の気分が濃い。まるで月や雪を、人生をないがしろにする麻薬のように見ている。「予が風雅は夏炉冬扇のごとし」（「許六離別辞」）と述べられた考えを、俳句にするとこういう形になるだろう。

二句目は、四人の高僧が眠る「四睡図」に賛を求められたときの作。俳人である芭蕉が「月か花か、どちらが優れているか」と問いかけても、宗教者たちは鼾で答えるのみ、というのだ。単なる画賛にとどまらず、風雅に囚われているみずからの異質さを浮き彫りにした一句である。

三句目は、もっと直接的に「月花の愚」といっている。風雅にばかり心を費やしている、そんな自分を針で治さねばならないと、俳人であるみずからを病人と見なしているのである。

これらの句は、雪月花の美とは、世人が考えるような浮世離れしたした概念ではなく、そこにのめりこんだ人間を堕落させてしまうような、一筋縄ではいかない、恐るべき罠であることを訴えている。これも、芭蕉が俳人としての人生を送る上で導き出した、ひとつの箴言であるのだ。

雪月花のうち、「花」に風雅を代表させた、次の句も忘れがたい。

子に飽くと申す人には花もなし　『類柑子《るいこうじ》』

子供に飽きたなどと言っている人には、本当の風雅はわからないのだ、といっている。ここでの

「花」は、桜の実景というより、風雅の象徴としての「花」であるから、実感は乏しい。概念を句にしたような句だ。なぜ、子供を愛することと、風雅を愛することが、同一視されているのだろうか。

ここで思い出されるのは、

俳諧は三尺の童にさせよ。初心の句こそたのもしけれ。

『三冊子・赤』

という言葉だ。蕉門では、この言葉のとおり、子供にでも書けるような、簡潔でわかりやすい表現を尊ぶ。

弟子の去来が、蕉風の真髄について語るときにも、子供を例に挙げている。

去来曰く「蕉門のほ句は、一字不通の田夫、又は十歳以下の小児も、時に寄りては好句あり。却而他門の功者といへる人は覚束なし。他流は、其流の功者ならざれば、其流の好句は成しがたしと見へたり。

『去来抄』修行教

蕉風に学べば、字の読めない田舎者や、十歳に満たない子供にも作ることができ、ときにはすぐれた句をつくることができる、という。他流の俳諧では、その道に熟練していなければ作れない。

そこが、蕉風の独自な点だというのだ。

去来はまた、「白雨や戸板おさゆる山の中　助童」という句をあげながら、句会でもっともよかったのは大人よりも子供の作ったこの句だったといい、その将来性に期待して、その理由について「第一いまだ心中に理屈なき故也」と述べている。うまく見せよう、褒められようという下心のない、純朴な子供の心を、蕉風では奨励していたのである。それはもちろん、蕉風を一般大衆へ拡大するための方便であっただろうが、たしかに蕉風の核心にも触れていたのだ。

「子に飽くと申す人には花もなし」とは、そうした子供の純粋な心を忘れてしまった人には、俳諧の本道は遠いと言っている。子供は、非合理で不経済な遊びや戯れに一日を費やす。そこに付き合えない者は、世俗的な思考から逃れることができない、すなわち、詩に遠い人間なのである。これも、「俳句とは何か」という命題について、芭蕉が導き出した、極小の俳論といってよい。

近現代の俳句における、「俳句で俳句を詠む」という作品を、いくつか挙げてみたい。比較することで、芭蕉の句の独自性も見えてくるはずだ。

三千の俳句を閲し柿二つ　　正岡子規『俳句稿』

句を玉と暖めてをる炬燵かな　　高浜虚子『六百句』

子規の句は、新聞の投稿欄に寄せられた、おびただしい数の俳句に目を通し、そのあとで小休止に柿を二つ食べた、というものである。「三千」と「二」という数字の対比を通して、仕事として俳句をしている者の労苦を諧謔味を交えて表現している。虚子の句は、句の推敲をしている場面であるが、炬燵に足を突っ込みながら案じているというのが可笑しく、句を宝玉になぞらえるという大げさな物言いもあいまって、推敲の苦しみなどはほとんど感じさせないのが面白い。子規や虚子は、俳人としての仕事である作句や選句にあたる自分を、生々しく書き取っている。自己言及的な作品の特徴の一つは、まさにこのように、創作者が創作者としての人生を送る上で得たリアルな実感を、創作物に反映できるという点だ。

時代が下ると、マイナージャンルである俳句にかかわっている自分を、やや陶酔的に詠んだ句を拾うことができる。

俳句思へば泪わき出づ朝の李花　　赤尾兜子『玄玄』

待ち遠しき俳句は我や四季の国　　三橋敏雄『長濤』

目醒め
がちなる
わが尽忠は

俳句かな　　　　高柳重信『山海集』

兜子の句の「泪」は、フランス文学者・桑原武夫によるいわゆる「第二芸術論」によって戦後社会に適合しないとみなされた俳句への、憐憫と同情とがもたらすのであろう。可憐な「朝の李花」（李花とはスモモの花）を合わせていることから、いたいけな花のような俳句を、作者は愛してやまないのだということがわかる。敏雄の句は、いままで見たことのない俳句を「待ち遠しい」と感じ、それを作れるのは「我」のみだと自負している。重信の句の「尽忠」は、よく「尽忠報国」などと使われるが、ここではごくささやかな「俳句」に対してこそ自分の「尽忠」はあるのだといっている。これらは、先般掲げた芭蕉の句の中でいえば、「発句なり松尾桃青宿の春」「杜若われに発句の思ひあり」「顔に似ぬ発句も出でよ初桜」といった、俳句に携わる喜びを謳いあげたタイプの句に近いといえようか。

一方、「十七音の俳論」としての句は、近現代俳句には乏しい（三橋敏雄の句にはその要素が確かに見て取れるが）。それは、なぜか。俳句観の表明は散文によって成すべきであり、韻文である俳諧（俳句）の中では、じゅうぶんに意を尽くすことができない――近現代の俳句史では、それを常識としてきたからだ。俳句実作と俳句評論はともに俳人の仕事として重要と言われながらも、一体のものとは見られていない。だが、数は少ないにせよ、芭蕉の句の中に、論と詩の見事なハイブリッドが見出せることを、忘れないでいたいものだ。

マンガ「ルックバック」の物語の終盤、主人公の「藤野」がタッグを組んだ友人の「京本」に、内心を吐露するシーンがある。

だいたい漫画ってさあ……　私　描くのはまったく好きじゃないんだよね
楽しくないし　メンドくさいだけだし　超地味だし
一日中ず〜〜っと絵描いてても　全然完成しないんだよ？
読むだけにしといたほうがいいよね　描くもんじゃないよ

この嘆き節に対して、相方の「京本」は、

じゃあ　藤野ちゃんはなんで描いてるの？

と問う。これに対する「藤野」の返答は、言葉では語られない。ただ、藤野と京本が、狭い仕事部屋で原稿を見せ合って、頭を抱えたり、笑ったりするマンガの「絵」が、たんたんと何枚も示されるだけだ。つまりは、「藤野」は「京本」と一緒にマンガを描くのが楽しかったからだというのが

「なんで描くの?」に対する答えなのだが、そのように言葉にしたことでは伝え切れない。だから「絵」なのだ。

マンガを通してしか、マンガの意味を語ることはできない。そんな作者の覚悟を感じさせるクライマックスだ。

「なんで描いているの?」は、時代を問わず、創作をする者にとって突きつけられる、普遍的な問いかけだ。当然、その問いかけは、芭蕉にも向けられたはずだ。「なんで詠んでいるの?」——その答えが、「旅寝して我が句を知れや秋の風」「藤の実は俳諧にせん花の跡」「子に飽くと申す人には花もなし」といった句であったのだろう。俳句を通してしか、俳句の意義を語ることはできない。そんな思いが、芭蕉の中にもあったのではないだろうか。

主要参考文献

【芭蕉俳諧】
今栄蔵校注『新潮日本古典集成　芭蕉句集』（新潮社、一九八二年）
井本農一・堀信夫注解『新編　日本古典文学全集70・松尾芭蕉集（1）　全発句』（小学館、一九九五年）
井本農一・久富哲雄・村松友次・堀切実校注『新編　日本古典文学全集71・松尾芭蕉集（2）　紀行・日記編　俳文編、連句編』（小学館、一九九七年）
堀切実・田中善信・佐藤勝明編『諸注評釈　新芭蕉俳句大成』（明治書院、二〇一四年）
雲英末雄・佐藤勝明訳注『芭蕉全句集』（角川ソフィア文庫、二〇一〇年）
尾形仂『おくのほそ道評釈』（角川書店、二〇〇一年）
堀切実編『『おくのほそ道』解釈事典』（東京堂出版、二〇〇三年）
尾形仂編「別冊國文学 NO.8　芭蕉必携」（學燈社、一九八〇年）
上野洋三・白石悌三校注『新日本古典文学大系70　芭蕉七部集』（岩波書店、一九九〇年）
楠元六男『芭蕉と門人たち――蕉門の変遷を作品に読む』（日本放送出版協会、一九九七年）
田中善信『芭蕉二つの顔――俗人と俳聖と』（講談社学術文庫、二〇〇八年）

【芭蕉俳論】
潁原退蔵校訂『去来抄・三冊子・旅寝論』（岩波文庫、一九三九年）
堀切実『芭蕉たちの俳句談義』（三省堂、二〇一一年）

復本一郎『芭蕉の言葉――『去来抄』〈先師評〉を読む』（講談社学術文庫、二〇一六年）

【近世俳諧】

堀切実『蕉門名家句選　上・下』（岩波文庫、一九八九年）
玉城司訳注『蕪村句集』（角川ソフィア文庫、二〇一一年）
玉城司訳注『一茶句集』（角川ソフィア文庫、二〇一三年）
丸山一彦・松尾靖秋他校注『完訳日本の古典58　蕪村集　一茶集』（小学館、一九八三年）
長谷川櫂編『大岡信『折々のうた』選　俳句（一）』（岩波新書、二〇一九年）
麻生磯次他編『俳句大観』（明治書院、一九八一年）

【近現代俳句】

和田茂樹編『漱石・子規往復書簡集』（岩波文庫、二〇〇二年）
平井照敏編『現代の俳句』（講談社学術文庫、一九九三年）
山本健吉『定本　現代俳句』（角川選書、一九九八年）
長谷川櫂編『大岡信『折々のうた』選　俳句（二）』（岩波新書、二〇一九年）
尾形仂編『新編俳句の解釈と鑑賞事典』（笠間書店、二〇〇〇年）
廣瀬直人・福田甲子雄監修『飯田龍太全集　第一巻〜第一〇巻』（角川書店、二〇〇五年）
『寺山修司俳句全集　全一巻』（あんず堂、一九九九年）
「俳句」編集部編『石田波郷読本』（角川学芸出版、二〇〇四年）

【季語・地名】

片桐洋一『歌枕歌ことば辞典増訂版』（角川書店、一九九九年）
「知っ得　古典文学動物誌」（学燈社、二〇〇七年）

「知っ得　古典文学植物誌」（学燈社、二〇〇七年）
『角川俳句大歳時記　春～新年』（角川学芸出版、二〇〇六年）
乾裕幸『芭蕉歳時記』（富士見書房、一九九一年）

あとがき

本書は、大学時代の修士論文をもとにして、芭蕉の句の魅力に迫った評論である。私自身が俳句の実作者であるということから、一作者として、芭蕉の句から学べるところ、刺激を受けるところを掘り下げてみた。芭蕉に関心のある人はもちろん、俳句や詩歌の創作をしている人にも、手に取ってもらえたら幸いである。

俳句は短いために、その言葉の意図するところがわかりにくく、どうしても作者や成立状況に関心が向く。「古池や蛙飛びこむ水の音……ふーん、で、その心は？」というわけである。私はできるかぎり芭蕉の個人的な情報を入れることなく、作品そのものの面白さを抽出するよう心掛けた。

もともとドストエフスキーの小説が好きで、大学の学部生の頃はロシア文学専修に属していた。ドストエフスキーの長編小説に匹敵する重みが、芭蕉の一句にはある――とは言いすぎであろうが、同じ地平に置くことに違和感はなかった。本著でも、海外の詩や散文がおりおり引用されている。「俳句の特殊性に向き合っていない」「西洋の文学観に染まっている」という批判はあるかと思うが、文化や歴史背景を超えて、すぐれた文学には共通するエッセンスが含まれているという思いがあるからだ。

今の日本社会においては、詩歌というジャンルがあまり顧みられることがない。政治家の見当違いな発言が「ポエム」と称され、むしろ揶揄の対象になってしまってさえいる。だが、詩情を求める心は、けっして人々の胸から消えてはいないのではないか。たとえば映画や音楽、マンガやアニメやゲームといったサブカルチャーから、現代の日本人は詩的なものを摂取しているように見える。「詩情とは何か」とは難しい問いかけであるが、社会の功利主義や合理主義に染まり切れない思いに寄り添うものだとすれば、それは今を生きる人間の胸中にも必ず存在するはずだ。芭蕉俳諧のキーワードである「不易流行」になぞらえていえば、詩がどういうかたちで流通するかは「流行」によるが、人々が詩を求める心は「不易」なのだ。芭蕉の句は、この「不易」に届いているからこそ、現代でも愛誦されている。人々の詩を求める心に俳句が応えていくために、芭蕉俳諧は大きな啓示を与えてくれるだろう。

芭蕉は禁欲的な求道者とみられる傾向があるが、しかし、その句は実際には感情豊かだ。自然や人間との交歓を喜び、離別のさいにはめいっぱい悲しむ——私たち庶民と変わらない感情を、たびたび詠んでいる。また、時間表現も実にヴァリエーション豊かで、従来言われているような瞬間的な映像の切り取りに加えて、動画的に対象の変化をいきいきと捉えたものも多数ある。さらに、宇宙的で壮大な時間を取り込むという試みも成しているのである。

近現代の俳句からは失われてしまった表現方法も確認できる。一句の主体をあえて明確にしない、あるいは、虚構的な主体を創出することで、自在な表現を展開しているというのがその一つだ。自分というものにこだわる現代人にとっては、これは異質なものと映るかもしれないが、新たな表現を模索する上で、参照されるべき方法ではないだろうか。また、その句が向き合っているものは、人間の理解の及ぶところのないナマの自然にも及んでいる。これまでの文学は、人間ドラマを中心に据えてきたが、地球規模の問題が浮上している今、自然について考える文学が見直されたり、新しく書かれはじめたりしている。俳句という極小の文学は、人間の関係性よりもむしろ季語を通して自然の神秘に向き合っており、今の時代にも参照されうる知見に満ちている。芭蕉句は、近年提唱されている「エコクリティシズム」のさきがけともいえるのだ。

ほかにも、誇張された苦痛の表現、俳句を通しての俳句観の表現といった、芭蕉ならではの表現も、俳句の可能性を示唆している。本書を「隠された芭蕉」というタイトルにしたのは、実作者や研究者に従来あまり注目されてこなかった表現方法から、次代の新しい表現を切りひらくアイデアを探ろうとしたからだ。いまさら芭蕉の句のマネをする必要はないが、その多彩な表現方法を、埋もれたままにしておくのはいかにも惜しい。

私が実作者として芭蕉の句に触れていちばん刺激を受けるのは、言葉で一つの世界を創り出そうすることへの強靭な意思だ。季語の伝統や切れ字の約束事は、十七音を生かす有効な手立てであるが、それに拘泥することなく、のびのびと柔軟に言葉を使っている。これは稀有なことであり、私が芭蕉を革新者と位置づけるゆえんである。私たちは日頃、想像以上に他者の言葉に影響されて生きている。詩人とは、他者の言葉にたよることなく、自分の言葉を創り出そうとする者の別名であるが、その意味で芭蕉は詩人であった。

歴史学者のハンナ・アーレントが、収容所のユダヤ人大量虐殺にかかわったアドルフ・アイヒマンを凡庸な悪と名指したことはよく知られているが、その凡庸さが、彼の言葉遣いに表れていることを指摘している。アーレントによれば、アイヒマンは警察の取り調べの中で「紋切り型《クリシェ》ではない文以外は全然口にすることができなかった」という（大久保和郎訳『エルサレムのアイヒマン』みすず書房、二〇一七年）。自分の言葉を持たない者が、大きな声で叫ばれる言葉に取り込まれていく。このことは、戦時を遠く離れた、現代日本に生きる私たちにも突きつけられている。

いつの時代においても、「言葉の力」が人を生かし、社会を動かす。たとえ俳句に関心がない人にとっても、あるいは、俳句というジャンル自体が滅んでしまった未来の人にとっても、芭蕉の句や、その後の俳句の歴史が生み出した「短い言葉でいかに人の心に訴えかけるか」についての英知は、有益であるに違いない。本書が、その英知に少しでも届いていればと願ってやまない。

刊行にあたっては、慶應義塾大学出版会の佐藤聖さんに大変お世話になった。記して謝辞としたい。

二〇二三年十一月

髙柳克弘

本作は、書き下ろし作品である。

髙柳克弘（たかやなぎ　かつひろ）
1980（昭和55）年、静岡県浜松市生れ。早稲田大学第一文学部ロシア文学科卒業、同大学院教育研究科で堀切実のもと松尾芭蕉を研究し、修士課程修了。2002年、俳句結社「鷹」に入会し、藤田湘子に師事。藤田湘子死去により、05年より「鷹」編集長。04年「息吹」で第19回俳句研究賞を最年少で受賞、08年『凛然たる青春』で第22回俳人協会評論新人賞受賞、10年句集『未踏』で第1回田中裕明賞受賞、22年『そらのことばが降ってくる：保健室の俳句会』で第71回小学館児童出版文化賞受賞、23年句集『涼しき無』で第46回俳人協会新人賞受賞。
著書に、『芭蕉の一句』（ふらんす堂、2008）、『芭蕉と歩く「おくのほそ道」ノート』（角川学芸出版、2012）、『名句徹底鑑賞ドリル』（NHK 出版、2017）、『蕉門の一句』（ふらんす堂、2019）、『究極の俳句』（中公選書118、2021）、『添削でつかむ！俳句の極意』（NHK 出版、2023）、小説に『そらのことばが降ってくる：保健室の俳句会』（ポプラ社、2021）、絵本翻訳に『ロビンソン』（ピーター・シス作、偕成社、2020）、句集に『未踏』（ふらんす堂、2009）、『寒林』（ふらんす堂、2016）、『涼しき無』（ふらんす堂、2022）等がある。

隠された芭蕉

2024年 2 月20日　初版第 1 刷発行

著　者――――髙柳克弘
発行者――――大野友寛
発行所――――慶應義塾大学出版会株式会社
〒108-8346　東京都港区三田2-19-30
TEL〔編集部〕03-3451-0931
〔営業部〕03-3451-3584〈ご注文〉
〔　〃　〕03-3451-6926
FAX〔営業部〕03-3451-3122
振替　00190-8-155497
https://www.keio-up.co.jp/
装　丁――――中島かほる
カバー装画――ジュアン・ミロ　『俳句』1967年
Joan MIRO “Hai-ku”, 1967
印刷・製本――中央精版印刷株式会社
カバー印刷――株式会社太平印刷社

Printed in Japan ISBN978-4-7664-2942-8

慶應義塾大学出版会

どれがほんと？

万太郎俳句の虚と実

高柳克弘 著

虚と実のはざまにたゆたう普遍的な詩情を、卓越した言葉の芸で生み出し続けた久保田万太郎。だれもが感受するその特質と危うい魅力を、俳句の本質に迫りつつ、はじめて論じきった若手俳人の画期的評論。

四六判／上製／184頁
ISBN 978-4-7664-2513-0
定価 1,760円（本体 1,600円）
2018年4月刊行

◆目次◆

序論
第I章
　季語の伝統にどう向き合うか
　万太郎の中の「月並み」
　非一イメージ
　万太郎の取り合わせ
　切れと切字
　「型」と「型破り」
第II章
　言葉の共振
　緩急
　言葉のコストパフォーマンス
　万太郎の時間意識
　哀の人
　前書との照応
　地名、人名
　言葉遊び
結論　万太郎俳句の未来
久保田万太郎　略年譜